ようこそ、癒しのモフカフェへ！

~マスターは転生した召喚師~

2

Character
- 登場人物紹介 -
フェリクス
シャルロットの先輩で友人。
気配り上手で心配性。
琥珀
マネキ
シャルロット
王都で初の喫茶店の店主。
転生者の知識と召喚師の素質を
いかして元気に働く。

エレノア
クロガネ
ミラ
森で偶然出会った
ハーピーという幻獣。
歌うことが大好き。
ギャレット
フェリクスの弟。
とある勘違いをして
店にやってくる。
レヨン
異界の猫神の里の幻獣。
同郷のマネキを
訪ねてくる。

ようこそ、癒しのモフカフェへ！

～マスターは転生した召喚師～

Contents

プロローグ

アリス喫茶店と夏の始まり

Welcome to the healing Mofu Cafe!

セレスティア王国にも白雲と青空のコントラストが眩《まぶ》しい季節がやってきた。

日本より湿度は低いが、肌を焦がすほどの陽《ひ》の光を感じる夏であることには変わらない。

そのような気候であるものだから、アリス喫茶店にやってくる客たちも席に着いたところでほっと一息ついている。今まさに店にやってきた女性客もその一人だ。

「マスター、今日はうーんと冷えてるいつものお茶をいただけるかしら？　最近すごく暑くって」

「はーい。キリッと冷えたものを用意しますね」

「ええ、氷をいっぱいでお願いね。ここのお茶は氷までお茶でできてるから、たくさん入れてもらっても薄まらないから嬉《うれ》しいわ」

「ご贔屓《ひいき》にあずかり光栄です」

カウンターの常連客の女性から声をかけられたシャルロットが笑顔で返事をすれば、さらに笑顔が返ってくる。

「家ではできない贅沢《ぜいたく》ができて私は本当に幸せよ。あ、でもお菓子の注文も考えるから、すぐには持ってこないでね？　注文が決まってから、落ち着いてゆっくり飲みたいの！」

「かしこまりました」

「ありがとう。やっぱり贅沢はゆっくり楽しまないとね」

この国で氷入りの飲み物が提供されることはあまりない。

氷を作る魔道具がないわけではないが、かなりの高級品で一般の庶民が店舗《てんぽ》に使うために導入するのは難しい。冷たいものを保存する保冷庫や、保冷庫の温度を保つための氷は売られているものの、ともにそれなりの値段がするものであるためわざわざ常温でも飲める飲料まで冷やして出すという習慣も庶民の店では特にない。

しかしシャルロットにとっては氷を作るのは簡単なことだ。なにせ光の精霊女王であるエレノアが側《そば》にいる。火と水と風を司《つかさど》っている彼女の力で、液体から熱を奪えば氷ができる。淹《い》れたお茶を製氷皿に移せば数秒でお茶用の氷の出来上がりだ。

(そして、それをさらにエレノアの力を借りて冷やしている冷凍庫に入れるだけだから、足りなくてもすぐに補充できるのよね)

より時間を短縮するため、よく注文が出るお茶に関しては開店前にそれぞれ多量の氷を作り置きしているのだが、夕方近くになると不足する日が非常に多い。

これは思った以上の高評価で嬉しい限りだ。

「あ、それから先にマネキちゃんたちを撫《な》でておきたいし！　本当にゆーっくりでいいからね？」

そう言った女性の視線の先には、オオネコのマネキ、三匹の柴犬の姿になったケルベロスのクロガネ、どこから見てもひよこな不死鳥の琥珀《こはく》がいる。

マネキは愛想よく女性客の『お手』に堂々と応《こた》えていたし、ケルベロスは新しい芸として木製の球体に乗り上げるという玉乗りを披露し歓声を浴びていた。

琥珀も手乗りひよことして可愛がられ、その短い翼で客の指と握手するという特技を身に付けている。

彼らは接客する相手だけではなく、その様子を周囲で見ている客たちも楽しませていた。

最近では彼らをスケッチする客も現れるほどだ。

「では、私ものんびりと準備してまいりますね」

そうしてシャルロットがグラスとコースターを引き出しから取り出していると、ホールにいたエレノアが調理場に戻ってきた。

「シャルロット、今のところホールは落ち着いてるけど、何かある？」

「あ、大丈夫よ、こっちも落ち着いてるから。ありがとう」

「わかったわ。……ねえ、ところで冷凍庫、昨日より一つ増えてない？」

不思議そうに首を傾《かし》げたエレノアにシャルロットは笑った。

「ええ、これはお水専用の氷の冷凍庫よ。製氷庫って言ったらいいかな？　昨日、夜に設置したの」

「氷？　冷凍庫があるのにどうして？　魔力に余裕はあると思うから増やすのはわかるんだけど……どうして氷を？」

「うん。少し試したいことがあって」

不思議がるエレノアに、シャルロットは「先にこれ持っていって」とお茶を託す。そしてエレノアが戻ってくるまでの間に、説明の代わりに実際に見てもらえるよう用意を始めた。といっても、製氷庫の中に入れている氷の型《モールド》、そしてその中身を取り出すことでほぼ完成である。

そこに現れたのは、丸く透き通る氷だった。

これをグラスに入れて水に浮かべるだけで、不思議とその場が涼しくなったように感じられる。場合によっては水の色を変えても構わないし、葉や花びらと一緒に入れなくても綺麗《きれい》なインテリアになると思う。氷独特の表面の輝きもやはり綺麗だ。

（この国の氷、実は透明なものってほとんどみんな見たことがないのよね）

透明な氷を作るにはいくつかの条件が揃《そろ》うことが必要だ。

まず、水の中にミネラルや不純物をほとんど含まないことが重要だ。そして凍らせるときには、ゆっくりと時間をかけることが大切である。日本の一般家庭で使われている冷凍庫の温度はマイナス二十度前後であるが、もう少し高い温度で……具体的にはマイナス四度からマイナス十度の間で凍らせることで、水の中に残っていた空気もゆっくりと押し出される。氷の中に空気が残ってしまうと、それだけで白く濁る。

（この国で売っている氷の大半は私と同じ、魔術で作る氷だから濁りはあるのよね。空気を多く含んでいるからだと思うんだけど）

氷柱《つらら》などゆっくりできた氷で透明なものは見たことがあるかもしれないが、球形のものとなれば話は別のはずだ。

そんなことを考えている間にエレノアが戻ってきた。

「シャルロット、それでさっきのは……え、何それ？」

「綺麗でしょ？」

「え、どうやって削ったの⁉　こんな透明な氷なんて冬の雪山くらいでしか……でもこの形は……とりあえず、これちょうだい！」

勢いよく瞳を輝かせるエレノアに、シャルロットは苦笑しながら氷を手渡した。

「驚いてもらえてよかったよ」

「驚きしかないわよ！　こんなの作るなんて……どうやってるの？」

「ゆっくりと凍らせてるんだよ」

「それだけ？」

「ええ」

「……どうしてそれでできるのかわからないけど、時間をかけないといけないことがあるなんて私は考えたことはなかったわ。やっぱりシャルロットは面白い」

エレノアは氷から目を離さないまま、そう言った。どうやらよほど気に入ったようで、色々な方向にかざして遊んでいる。

「これ、どうするの？　飾るの？」

「そうね。それもいいけど、これは本当はロックのお酒を飲むときにもちょうどいい氷になるの。最近涼みに来ているお客さんに、お酒好きの方も多そうじゃない？　だから少しだけでも扱っておこうかなって」

「ああ、そういえば。店内の温度を下げてるからお酒好きの人も増えたよね」

「ということで……ちょっと見てて？」

そう言いながらシャルロットははちみつ色の酒を注いだ。すると、グラスの中で酒が輝いているように見えた。エレノアは感嘆の声を上げる。

「見た目が綺麗なだけじゃなくて、氷も溶けにくいの」

氷は同じ体積ならば表面積が小さいほど溶けにくい。だから、お酒を薄めにくくするためにもこの形は最適なのだ。

「へえ、実用的でもあるんだ」

「素敵でしょう？　あ、でも製氷庫は球形の氷を作るためだけじゃなくて、こうしてゆっくり作った氷は結晶が大きくなるから、今までよりもふわふわのかき氷も作れる……って、エレノア、お酒飲んでるけど得意なの？」

エレノアは、当たり前のようにシャルロットが酒を注いだグラスを自分の口元に運んだが、これまで飲酒する姿を見たことはなかった。

だが、エレノアは笑った。

「心配しなくても大丈夫。四桁《けた》の年齢の私にこの国の法律は通用しない」

「あ、うん。それはいいんだけど……酔わないでね？　お仕事、まだあるからね？」

そう心配しながらも、シャルロットはそろそろ頃合いかと先程の女性客に注文の品を用意する。

彼女はいつも迷いはするものの、最終的にプリンに落ち着く傾向にある。

「ご注文のお茶です。それから、デザートのご注文はお決まりですか？」

「いいタイミングにありがとう。それと、今日は日替わり薬草茶プリンをお願い」

「はい、かしこまりました。いつもありがとうございます」

シャルロットの言葉に女性客も笑う。

「いつもありがとうっていうのはこちらのセリフよ。私が来なくてもほかの客が来そうだけれど、私はここがなくなったら行く当てがなくなっちゃうわ。南通りにもお茶を売りにしている店ができたって聞いたけれど、ここ以上に最高な場所だとは思えないし」

「え？　このお店のほかにも、喫茶店ができていたのですか？」

「あら、知らなかった？　先月できたそうよ」

これまでシャルロットのアリス喫茶店は王都で唯一の喫茶店だった。

（気づかなかった）

もしもほかに喫茶店ができるのなら、取引がある茶葉店などから噂は聞こえてきそうなものだが、初耳だ。

しかしそんな店があるのであれば、尋ねずにはいられない。

「詳《くわ》しい話をお聞きしても？」

「残念だけど、私は行ったことがないから詳しくは知らないわ。でも、このタイプのお店はせっかくマスターが考えたお店なのにね。腹が立たない？」

どちらかといえば怒り気味の常連客の顔に、シャルロットは苦笑した。

「腹なんて立ちませんよ。ただ、そのお店のことにはもう少し早く気づければ嬉しかったですけれど」

「どうして？」

「ぜひ、お客さんとして訪ねてみたいですから」

喫茶店という形式をとったのであれば、きっとシャルロットの店から何かを感じてくれたのだと思う。それがどういう店なのかによって、どういう風に自分の店が見られているのかを客観的に知ることもできるかもしれない。

（もしかしたら気が合うタイプかもしれないし！）

そう思えば興味が湧く。

その新しい喫茶店も決してシャルロットの真似だけではないだろう。なにせシャルロットは自分が特殊な環境で店を経営していることを理解している。

（魔力を持って転生して、魔術学院に通って精霊や幻獣と一緒に喫茶店経営をするひとなんて、絶対そう何人もいないよ）

つまり、別のところに強みを持つお店であるはずだ。知識の面でも、交流範囲の面でもできることは異なるだろう。そもそも店のメニューだってシャルロットは作り方を公開していないのだから、まったく異なるデザートが用意されている可能性も高い。

そう考えるとシャルロットはどんな店が見られるのか楽しみだと思う。

「マスターは変わってるわねぇ。でも、あっちのお店に動物はいないと聞いているのよ。それを楽しみにしているなら、先に諦めておくのね」

思わぬ言葉にシャルロットは驚いた後に苦笑した。

彼らの存在により、客にとってもふもふな仲間たちは『喫茶店にいるもの』になっているらしい。

「まあ、行ったら私にも感想を聞かせてちょうだいね」

「はい。でも、ご自身で行ってみようとは？」

「マスターのお勧めなら行ってもいいけど、私をこの店から奪おうなんて、よほどのことがなければできはしないわよ！」

そう豪快に言われ、シャルロットも笑い返した。

ここまで好いてもらえていれば、店主冥利《みょうり》に尽きるというものだ。

ただこれは自分だけではなく、たくさんの仲間がいたおかげだ。

「じゃあ、その期待にお応えできるだけの品を私もお出ししていかないとですね」

「ええ、頼むわよ。何せ、ここは私の癒しの場ですからね」

そしてその後、シャルロットは常連客に新しい店の詳しい場所を尋ねた。

(どんなメニューがあるのかなぁ)

この世界にきてから初めて自分が客となる喫茶店となれば想像するだけで楽しくなる。

自分で用意するのはもちろん楽しいが、人に用意してもらうのもシャルロットはとても好きなのだ。

第一話　王都の新たな喫茶店

そして、新たな喫茶店があるとの情報を得てから初めてやってきた定休日。

シャルロットは期待を大きく膨らませ、エレノアを伴って噂の新しい喫茶店へと向かった。

「どんなお店なのか、ほんとに楽しみだね」

「呑気《のんき》ねぇ。喫茶店ってせっかくの隙間産業だったんでしょう？　同じような店ができて、お客さん取られちゃうんじゃないかって心配じゃないの？」

「うちのお客さんは減っていないから、収支の面では大丈夫。それに、同じようなお店があれば、もっとこの業界も有名になると思うし。結果的に、うちのお店にもお客さんが増えるかもしれないじゃない？」

「……まあ、あまりお客さんが増えたら待ってもらう時間も増えそうだけど」

「まぁまぁ、そこは頑張るってことで。でもお客さんが増えれば、うちの村のお茶ももっと買い付けできるでしょ？」

まだフェリクスへの借金が残っている以上、シャルロットも自分の稼ぎはそちらの返済に使ってしまっている。だから仕送りはできていないものの、養護院で作ったお茶の買い取りを増やせば養

Welcome to the healing Mofu Cafe!

護院の財政も潤《うるお》っていくはずだ。修繕費用の捻出《ねんしゅつ》とまではいかずとも、生活に少しずつ余裕はできるだろう。

「まあ、それが実るかはわからないけれど……ちゃっかりしているのね？」

「しっかりしているって言ってちょうだいな。それに、エレノアもなんだかんだで楽しみなんでしょう？　私についてきたってことは、新しい喫茶店に興味があるってことじゃない」

「否定はしないわ。って、シャルロット、ここを曲がらないと。この路地を入ってすぐのところだったでしょう？」

「あ、本当だ」

通り過ぎそうになったと思いながら角を曲がると、カップをかたどった鉄製のわかりやすい看板が目に入った。店のドアノブには開店中だと示す札が下げてある。

「なんだかちょっと緊張するね」

「今さら？」

「むしろ今だからこそだよ」

そう言いながらシャルロットはドアノブに手をかけ、深呼吸をしてから店に入った。

店内は白い木目調の壁が印象的で、明るい雰囲気だ。そして広くも狭くもない適度なスペースの店内に、ほどよい距離でテーブルが配置されている。

店の中にいる店員は二人で、いずれも女性だ。一人はカウンターの中で作業をしており、もう一人は奥にいる客からオーダーをとっていた。客の数は三人だ。

(でも、あのお客……どうやら酔っ払いね)

注文をするには不必要なほどの大きな声を出す男は、あまりに店の雰囲気に合っていない。

「何、あの酔っ払いたち。魚の干物を出せなんて言っているけど……メニューに書いてあるとは思えないんだけど」

エレノアが怪訝《けげん》な顔をしている。

入り口近くにあった黒板には酒場のようなメニューは書いてなかった。それを怒鳴りつけながら注文しているのだから、店員として働いているエレノアにしてみれば我慢ならない振る舞いだろう。

もちろんシャルロットから見ても気分がいいものではない。

(酔い醒《ざ》ましの一環で入ってきているのかもしれないけど……酷《ひど》い迷惑をかけているわね。むしろ、わざとそうしている?)

そんなことを考え始めたシャルロットたちに、カウンター内の女性から声がかかった。

「いらっしゃいませ。お好きな席にどうぞ」

女性はシャルロットよりも年上で、二十代の前半くらいに見えた。そしてその声はやや申し訳なさそうだったのでシャルロットも思わず同情しながら、先客から少し離れた席に座った。

席にはすでにメニューが用意されていた。メニューの文字は上流階級の者が書きそうな文字だ。そしてそれだけに、実に読みやすい。

「とりあえずお茶から――」

見よう。そう、シャルロットが言おうとしたときだった。

店の奥からガラスが砕《くだ》けるような音がして、シャルロットは思わず振り向いた。

「おいおい、これはどういうことだ？」

「ゴミがはいってるんじゃねぇか？」

「仰《おっしゃ》る意味がわかりません。私は今お客様が自分で紙きれをカップに入れる様子を見ております。

それに、一体何度目でしょうか」

「ああ？　何を言っているんだ！　だいたいこれは俺が頼んだ酒じゃねぇだろ！　お前、ミスったんだろう？」

店員は気丈に振る舞っているが、にやついた男の声はその反応を楽しんでいる。

（何、あれ）

同じ商売をする者としてシャルロットは我慢ならなかった。もしも追い出してほしいと頼まれれば、エレノアとともに即刻叩き出してやりたいと思う。

しかしそのとき、シャルロットの耳には信じられない言葉が届いた。

「人の暖簾《のれん》で商売する奴はろくなモンがいねぇってことか？　アリス喫茶店の真似をしているくせになぁ？　そろそろやめたほうがいいんじゃないか？　アリス喫茶店に詫びが必要だと思わないか？」

シャルロットの眉根に思わず力が籠《こも》ったのは仕方がなかっただろう。

（この人たち、私の店に来たことはないわ）

頬に入れ墨があるような男であるので、一度見ていれば絶対に記憶に残せると断言できる。

しかし自分の店に来たことがあろうがなかろうが、自分の店の名前を言いがかりに使われるのは我慢ならないのだが。

「行くの？」

「さすがに我慢できないからね」

「私が行くと……戦力過剰になっちゃうか。怪我しそうになったら助けるけど、ほどほどにね」

エレノアはとりあえず距離を置いてシャルロットを見守ってくれるらしい。

（というよりは立ち上がることが面倒だと思っているか、私が『あんな相手には負けない』って信用してくれているのかな？）

確かにエレノアの力を使えば、まず負けない。

ただしシャルロットとしてはそもそも暴力的に訴えるのではなく、できれば言葉で穏便《おんびん》に終わらせたいと思っていたのだが――。

「アリス喫茶店の店主だってそれはもう不快だと思っているんだぜ？」

こんな言葉を耳にすれば足が速くなるのは仕方がないことだった。

「だが、上納金でもあるなら話は別だ。どうだ？　支払えば認めてやらんでも……」

「あらあら、おかしいわね。あなたの言い方だとまるで私の店であなたたちが働いているみたいじゃない？」

男の言葉にかぶせるように話したシャルロットは、その場にいた全員から注目を浴びた。

シャルロットはにこりと営業スマイルを浮かべて言葉を続けた。

「もしくはうちの店に対する営業妨害がしたいのかな？　イメージを落としたいの？」

「は……⁉　てめぇ、なにしやが……」

「何しやがるっていうのはこちらのセリフ。どうも、私はアリス喫茶店の店主です。あとはホールスタッフのエレノアも一緒だけど……一体どうしてそんな言葉が出てくるのかな？　そもそも私から話を聞いたことがあるっていうなら、私の顔を知っているはずじゃないの？」

その言葉に男たちは一瞬たじろいた。まさか店主が現れるだなんて思っていなかったのだろう。

（せっかく休日まで待って楽しみにしていた店にやってきたというのに……いや、でも変なのを捕まえられるならこの店の人のためにもなるしまだいいか）

男たちはまず目を見開いたものの、やがて嘘だと思ったのだろう。

大きく笑った。

「そんなわけないだろう？　俺らはあの店から……そうだ、お前はアリス喫茶店ではなく、この店の仲間だな？　脅そうったって、そうはいかないからな」

「あのね、適当な嘘は言わないで。そうだ、店員さん。私、この人たちをうちの店に対する営業妨害で衛兵さんに突き出すつもりなんだけど、あなたたちも被害に遭っていることを一緒に話してくれない？」

「え、あの……？」

シャルロットが状況に驚く店員の女性の反応を待つ間に、男たちは立ち上がった。

「ちくしょう……！　お、覚えていやがれ……！」

どうやらシャルロットが本物のアリス喫茶店の店主だと理解し逃げ出そうとしたようだったが、叶うことはなかった。

それは逃げるだろうと予想していたシャルロットが足を少し出して相手を転がしたからだ。あとは転がった男に躓《つまず》く形で、ほかの男たちも次々転ぶ。

宣言通り衛兵に突き出そうと思っているシャルロットが男たちを捕まえようとしたとき、急にどこからともなくツタが現れた。ツタは徐々に木の枝のように太くなり、男たちの身体を拘束した。

「え？　この感覚は……、魔術？」

自分が発動したものではなく、エレノアが発動したものでもない。

思わずシャルロットが辺りを見回せば、カウンターの内側から女性が腕を伸ばしていた。

その様子から魔術を発動させたのは彼女だと気が付いた。

同時にエレノアが席から立ち上がった。

「あらあら、私の出番はなかったみたいね」

「エレノア」

「まあ、いいわ。私はその辺で衛兵さんを呼んでくるわ。罪名には詳しくないけれど、恐喝《きょうかつ》と詐欺《さぎ》未遂ってことになるのかしら？」

「あ、よろしく」

そしてエレノアが店から出ていくのと同時に、魔術を行使した女性はシャルロットのもとへ……正確には捕らえた男のもとに近づいた。

彼女は何かを呟き魔術を使うと、男たちはそのまま眠りについた。

（わずかだけど……草のにおい？　リラックス作用のある薬草の効力を極端に上げる魔術を行使したとか……？　ツタもそうだったし、植物系の魔術を使う人なのかな）

術を行使した女性は、シャルロットたちを店に迎え入れてくれたときとは違う表情で溜息をついた。

「ひとまず、この人たちを黙らせてくれてありがとう。もう少し放っておいてくれたら、私が叩き出したところなんだけれど、それじゃあ衛兵に突き出せないから。あなたの判断に感謝するわ」

「えっと、どうも」

しかし感謝されているはずなのに、どこか苛立《いらだ》ちを含んでいるような声に聞こえる。そしてその苛立ちは捕らえられた男たちへと向けられたものでもない気がした。

（もしかして……この悪人どもがうちの店とつながりがある可能性を疑ってるのかな……？）

本当に関係がない人物とはいえ、それをシャルロットが今すぐ証明する手段はない。

とはいえ質問されればすべて返答するつもりではあったのだが、どうしようかと悩んでいたシャルロットにかけられた言葉は意外なものだった。

「でも、あなたが本当にアリス喫茶店の店主でも、うちの店に文句を言いに来たのなら話なんて聞かないわ」

思わぬ言葉にシャルロットは目を瞬《またた》かせた。

(むしろ今の状況なら文句を言われることはあっても、私が言うのは変じゃないのかな)

疑われていれば文句を言われても仕方がないと思うし、けれど誤解であるから解けばいいと思っていた。しかし、かけられたのはそのどちらでもない言葉だ。

「あの、別に文句はありませんよ？　こちらにはお客として来ただけですし……というか、特にお伝えする文句が思い浮かばないのですが……？」

「……あなた、本当にアリス喫茶店の店主よね？」

「ええ。初めまして。シャルロット・アリスです」

まずは自己紹介をとシャルロットは名乗ったものの、相手はますます怪訝そうにしている。

「文句じゃないなら何の用でこちらに来たの？　まさか挨拶《あいさつ》をしに来ただけじゃないでしょう？」

「それはもちろん、お茶をしに来たんですよ。どんなメニューで楽しませていただけるのか、期待してきたんですから挨拶だけで帰るなんてもったいないことはしませんよ」

「……ねぇ。あなた、本当にお客としてやってきただけだと言うの？」

「ええ。……むしろ、どうしてそのようなことを……？」

「仕事を盗まれたと思わないの？」

「ええっと……特に。というか、うちのお客様は別に減っていませんし……。あなたが同じお仕事に参入されたことでうちの売り上げが落ちるんじゃないかってお客様に心配されたことはありますが、私としてはもっと喫茶店が一般的になってほしいなって思っていますから同じ形態のお店が増えるのは嬉しいです。ですから、特に……」

シャルロットの言葉に返事はない。しかし気まずそうに目を逸《そ》らしている辺り、少し後ろめたい気持ちがあるらしい。

（常連さんも同じことを言っていたけど、ほかになかったタイプのお店だからそう思っちゃうのかな……？）

酒場もたくさんあるのだから、喫茶店もたくさんできてもいいだろうに。

それにたとえ似たような食べ物を出したとしても、まったく同じ味付けにはならないはずだ。

（隠しているものならともかく、公開してるものだし。真似したいってなっても止める法律も別にないし）

そもそもほかの飲食店だって他店と類似した料理を出していることもある。もちろんそれは法律違反でもなんでもない。

（それにさっきちらっと見たメニューだって、主な甘味《かんみ》はフルーツ類だったんだよね。お茶もほとんど海外の最高級とされる種類で、私が扱ってるものとも被《かぶ》ってない）

つまり、店の雰囲気が『喫茶店』ということ以外あまり似ていないのだ。

（ということは、たぶん感覚的なものなのかな？）

もしもそうであるなら、これからも喫茶店を出店しようとする人は後ろめたい思いをするうえ、そもそも出店までの精神的ハードルが非常に高くなっているのではないか。

それは寂しい。多すぎても困るが、数が少なすぎるのも寂しい。

（我儘《わがまま》なのはわかるけど、この業界を盛り上げるためには私のお店だけだと広まりきらないんだって……！）

もしシャルロットの予想通りであれば、現状を打破《だは》するためにはこの店の協力も不可欠だ。そのためにはまず、どうにかしてシャルロットが全く気にしていないということを伝えなければならない。

そしてその方法は、ただただ本心をぶつけるしかないだろう。

「あの、私は盗まれたという感覚より嬉しいという気持ちのほうが大きいです」

「嬉しい？」

「ええ。だって、いろんな喫茶店が増えてくれて、習慣や文化として根付いてくれたらさらにこの業界も盛り上がるかもしれないじゃないですか。私のお店だけだと限界があります」

シャルロットの言葉に相手は目を瞬かせた。

「……あなたはずいぶん達観《たっかん》しているのね？　あなたも商人の娘かなにかかしら？」

「えっと……特に商人ではありませんが、ちゃんと商売人ではありますよ！」

じっと見られて、シャルロットは少し緊張した。

相手の目が、何を考えているのかよくわからない。ただ、強《し》いて言うなら相手もシャルロットの考えがわからないといった雰囲気でもあったのだが。

「…まあ、いいわ。詳しい話はあとにしましょう。好きなもの注文してくれて構わないわよ、今日は私が御馳走《ごちそう》するから」

「え？　いいんですか？」

「面倒な奴らを片付けてくれたお礼は必要でしょう。ただし、私も一緒にお茶をさせてもらうわ。あと、申し遅れたわね。私はアニー。アニー・ロジャー」

「あ、シャルロット・アリスです。一緒にこのお店に来て、今は衛兵を呼びに行っているのはエレノアです」

「まあ、そちらは戻ってきてくださってからのご挨拶ね」

そう言ったアニーは先程までより気を許したような表情になっていた。

（ひとまず気掛かりなことは解決したのかな……？）

そう思えばシャルロットも肩の荷が下りた気がした。

やがてエレノアが衛兵を連れて戻ってきた。

不幸中の幸いか、捕まえた男たちはあちらこちらで派手にやらかしていたらしく、概要を伝えるだけで引き取ってもらえることになった。ただ、後日聞きたいことがある場合は協力を願う旨《むね》は言われたのだが。

(良かった、今日じゃなくて。せっかくここまで来たのにお預けになったら悲しいもの)

そう思いながらシャルロットは改めてメニューと向き合った。

「エレノアは何を注文する？　私は本日のおすすめ紅茶とフレッシュフルーツのセットにしたいんだけど。あと、アップルパイかな」

「えーっと……じゃあ私はフレッシュフルーツジュースにしようかしら。ついでに、店主一押しのケーキも追加してもらおう」

そう決めたところで店員の女性を呼び、注文を伝えた。

あとは届くまでの楽しみだ。

「ああ、そういえば。さっき巡視中のフェリクスとすれ違ったわよ。話はしていないけれど、目がばっちり合ったから、あとで何かあったのか聞かれるかも」

「……うわあ。せっかく落ち着いていたのに『また何かやらかしたのか』って思われているかな」

何もなければエレノアが衛兵と一緒に歩くなんてことはないだろう。タイミングが悪すぎる。

(今回は巻き込まれただけっていうのは……ちょっと難しいかな……?)

放っておくわけにいかなかったといえば同意は得られるだろうが、ほかにも方法があったのではないかと問われれば、否定がしづらい。

ただ悪いことをしたわけではないので、素直かつ正直に話すことにより理解を得ようとシャルロットは心に決めた。

そしてそんなことを考えている間に、アニーが注文の品を持って再びシャルロットたちのもとへと戻ってきた。

「おまちどおさま。今日の紅茶はブレンドティーよ。後はフルーツ盛り合わせにジュースとアップルパイよ。それから本日のケーキはこのタルトね」

テーブルの上に置かれた紅茶は頼んだ数より一つ多いことにシャルロットが気づくと同時、アニーが隣の席から椅子を引っ張り、そこに座った。

「改めてようこそ、アリス喫茶店店主のシャルロットさん。それからエレノアさん」

「ありがとうございます」

「それでだけれど。飲食の感想はあとにするとして、まずは私のお店に対する印象はいかがかしら?」

その問いかけに先に答えたのはエレノアだった。

「あの店員は根性があるわね。あんな男が相手だったら泣き出してしまっても仕方ないでしょうに」

同じ店員としての目線でそう述べているエレノアは実に楽しそうだった。

「ありがとう。シャルロットさんはどう？」

「そうですね、私も詳しい感想は飲食させていただいた後になるかもしれませんが、お店の雰囲気はとてもすっきりしていて素敵です。通りの雰囲気とも合っていて、特別な場所にいるって気分になれる気がします」

シャルロットも自分の店の雰囲気が公園に合うように気を使っている。やはりお客さんが気に入ってくれるようにするためには、どういう客が訪れるか想定するのは大切だと思う。

「でも、その印象よりもテーブルの上が気になってしまっているので早速いただきたいと思います」

そしてシャルロットはまずカップを手に取った。

ふわっと届いた香りを満喫しながら、口に含んだ。

「……どう？」

「とても美味しいです。珍しいお茶ですよね、これ。はじめて飲む味です。王都の茶葉店のものはかなり飲んだ方だと思うのですが」

「それがわかるなんて、さすがね。これは外国からの直輸入品よ。私はもともと商家の生まれだから、一応そういうルートも持っているのよ」

「なるほど、だから南国のフルーツも多いんですね。青果店で少量購入し、日替わりの不定期に出すということならともかく、お店でレギュラーメニューとして出せるのがすごいと思いました。どうしても原価が高くなってしまう商品ですから」

そのシャルロットの言葉にアニーは顔を明るくした。

「そう！　それが私のお店の売りなの！　さすがに冬場まで安定させるのは難しいから、冬だけは冬季メニューを用意しなくちゃいけないとは思っているけど、こんなに気軽に南国フルーツを食べられる店は少ないと思うのよね」

得意げなアニーにシャルロットも同意する。

瑞々《みずみず》しい南国の果実を食べられるならフルーツ好きにはたまらないだろうし、シャルロットも何度も訪ねることだろう。

そして、それならば自分は逆にアニーに何度でも通いたくなる店だと思わせるような店づくりをしていかなければと思ったとき、シャルロットはふと疑問を抱いた。

「ところで一つお伺いしたいのですが……アニーさんって、今まで私のお店にいらっしゃったことってあるんですよね……？」

「ええ。どうして？」

「いえ、その……、実は私、アニーさんの顔に見覚えがなくて。アニーさんも私が来店したときは普通に接してくださっていましたので」

　酔っ払いたちのことに気を取られてシャルロットに気づけなかった可能性はある。ただ、シャルロットとエレノアの両方を見てもなお気づかないということはあるのだろうか？

　おそらく店を開くくらいなのだから、調査のためにもアニーは何度もアリス喫茶店に通ったはずだとは想像できるが、シャルロットもアニーの顔を覚えていない。さすがに一度でとは言わないまでも、二、三度目になる客の顔はシャルロットも覚えているつもりなので、本当に出会っていない可能性はあるのだが……。

　すると、アニーは少し悪戯《いたずら》めいた表情を浮かべた。

「怒らないで聞いてくれる？」

「はい。……って、怒るような内容なのですか？」

「それはあなた次第だけれど。私があなたのことをアリス喫茶店の店主だと気づけなかった理由は、今のあなたより店で働いているあなたのほうが大人っぽかったからよ。だから別人だと思っちゃったの」

「別人ですか？」

「ええ。貫禄《かんろく》があるようにすら見えたわ」

「貫禄ですか」

それは喜んでもいいことなのか、否《いな》なのかとシャルロットは少し悩んだ。

（いや、老けているって言われているわけじゃないし、好意的な意味なんだろうけど……なんだか、仰々《ぎょうぎょう》しいというか、ごついというか）

とはいえ本来悪い意味ではないはずの言葉なのでどう答えてよいのやらとシャルロットが思っていると、エレノアが小さく噴き出した。

「シャルロットに貫禄って」

「ちょっとエレノア」

「はいはい、怒らない、怒らない。アニーも怒らないでって言ったじゃない」

「私はアニーさんに怒ってるんじゃなくて、エレノアが笑うから止めてるの！」

しかしそれでエレノアの笑いが止まるわけではない。

シャルロットが溜息をつくと、アニーも苦笑していた。

「あなたが私に気づけなかった理由は簡単よ。同系統の喫茶店を出店するのだから、偵察をしていたの。でも、ライバル店なのだから、堂々と覗《のぞ》き見るのもどうかと思うじゃない？　……でも、さっきのあなたの話を聞いたらちょっと失敗したかなとも思ったわ」

「どういう失敗ですか？」

「だって、出店したいって相談したらあなたは業界を盛り上げるためだと言って全力でバックアップしてくれそうじゃない。そんな機会を逃したんだから、失敗よ」

そう言ってからアニーは肩をすくめた。

「まあ、それも私のせい。直接尋ねて断られるならまだしも、嫌がられると決めつけていたのだもの。私はあなたの店と同じようなものを取り扱っても法的に問題ないとは理解していたけれど、どこかであなたの発案にのっかることに後ろめたさもあったのでしょうね。……まあ、今それに気づいたんだけど」

「……それでも店を始められたのはどうしてですか？　いえ、これも純粋な疑問ですが」

いずれにしても店を始めてくれたことをシャルロットは嬉しく思う。けれど、アニーの心境を察すればいろいろな思いが交錯《こうさく》してしんどかったのではないかと思ってしまう。

しかしシャルロットの質問に対し、アニーは笑った。

「だって、ずるいと思ったんだもの」

「え、ずるい？」

想定外の言葉に今度はシャルロットが目を丸くした。

「だって、噂のお店に行ってみれば、あなたがすごく楽しそうに私が好きなものに囲まれて働いているのよ？　私もああいうことをしたい……って思ったら、いてもたってもいられなくなるじゃない？　だから実家と喧嘩《けんか》して飛び出して、お店を始めちゃったってわけ。もともと商家の生まれでお金はずっと貯めていたから、資金面では問題なかったし。ただ……商家の一族から魔術師が生まれるって期待していた親とは結構な大喧嘩にもなったけど」

『親と大喧嘩』ができないシャルロットにとっては羨《うらや》ましい事柄でもあるが、アニーの立場からすればただただ面倒なだけなのだろう。

だが、どうにもこうにもアニーはにやけた表情を浮かべており、決して喧《やかま》しいと思っていただけではないようだった。強いていうなら、してやったりという表情というのだろうか。

「ちなみに、和解は……」

「まだまだ先だと思うわ。あちらは私が集客できず悲鳴をあげると思っているし、こっちは繁盛させる気満々だし。もっとも、私は交易業もやっているから、少々赤字が続いても大丈夫なんだけど……これぱっかりは、お店単体の売り上げで納得させないと勝った気はしないわよね？」

勝ち負けの問題なのかシャルロットにはわかりかねるが、アニーも彼女の家族も非常に気が強そうであることは十分に理解ができた。そして何となく、大喧嘩といっても仲が悪いわけではなく、ライバルのような関係なのかもしれないと思ってしまった。

「では、アニーさん。お店を繁盛させるために、私と協力してみませんか？」

「協力？　何の？」

「スタンプラリーのような形で、両方のお店に行けばノベルティをプレゼントみたいなキャンペーンを実施するのはどうかと思いまして。そうすれば私のお店のお客様もこちらに足を運ぶきっかけになると思いますし」

「……それ、あなたの店に何か得がある？　こちらの店の客、あなたの店よりずっと少ないわよ？」

「確かにそうかもしれません。ですが、そもそも喫茶店という形態のお店は、まだ王都ではかなり少数派です。だから、まずはお得感のあるキャンペーンを行い、既存のお客様が友人を誘うきっかけにしてくだされぱと思いまして」

シャルロットの言葉にアニーは少し悩んだようだった。

「……それでもやっぱりあなたに利は少ないわ。あなたの店が単独でキャンペーンをしても問題ないもの」

「でも、これからこの業界を盛り上げていくのですから、一緒にやった方がいいと思うんです」

「言いたいことの意味はわかるけど……やはりこちらに恩恵がありすぎる。私も、あなたに何か提供するべきだわ」

アニーはかなり真面目で律儀なタイプだとシャルロットは思った。

確かにシャルロットも逆の立場であれば多少遠慮がある事柄ではあると思うが、それでもキャンペーン費用が同額程度であれば気にしない。

だからアニーも気にしないでほしいと思うのだが……。

「……そうね。私があなたに南国フルーツの卸売《おろしうり》をするのはどうかしら」

「え？」

「もちろん、手数料はいただくわ。でも、青果店より入手しやすい経路を持っているの。比較的安定して供給もできると思うけれど」

思わぬ申し出にシャルロットは目を瞬かせた。

「それは非常にありがたいお言葉ですが……本当に構わないのですか？」

「ええ。手数料不要の私より安くは提供できないでしょうし。ああ、でも提供するっていっても全種類じゃないわよ？　こちらのメインのものはちょっとね」

「それはもちろん。では、ぜひお願いいたします」

想定外の思いつきから商談が成立したことで、シャルロットは新たなメニューを色々と思い浮かべた。プリンやパフェに加えるのもいいが、飲み物にもしたい。

しかし、それよりもまずキャンペーンの内容やノベルティの内容を詰めなくてはいけないのだが。

「あ」

「どうしたの？」

「あの、卸売の約束をしていただいてから、さらにとお願いするのも図々《ずうずう》しいかもしれないのですが……」

「いいわ、私のほうが得する約束だもの。遠慮せず」

アニーから促されたシャルロットはほっとした。

そして、満面の笑みを浮かべる。

「これでお店が繁盛したら、ぜひご両親をこのお店に呼んでください。それで、認めていただいて

ください な」

アニーのことは応援したいが、アニーの表情から両親のことを本当に嫌っているわけではないことがわかったので、それならアニーの納得する形で両親にも認められてほしいなと思う。

シャルロットの言葉にアニーは笑った。

「あなた、お人よしね。ええ、約束するわ」

「ありがとうございます。じゃあ……詳細はとりあえず後日でも構わないでしょうか？　私、そろそろ目の前のアップルパイへの想いが溢《あふ》れそうで」

「もちろんよ。今度は私がそちらに打ち合わせに行くわ。ああ、今日はひとまずごろつき逮捕のお礼に、いくつか果物を持って帰ってちょうだいな」

「え、ありがとうございます！」

シャルロットは、帰ってすぐにキャンペーンの詳細や、お土産にもらった果物に合うメニューを考えようと心に決め、アップルパイを口へと運んだ。

口の中に広がった甘さは、幸せの味だった。


そして後日。

アニーが打ち合わせを兼ねて来店したとき、キャンペーンの計画の詳細……プレゼントに用意するものや、割引券の発行の案などをまとめた書面を渡すとともに、お土産にもらった果実で作ったスムージーを試飲してもらった。

（ちょうど挑戦するつもりだったときに、とってもいい材料をもらっちゃった）

シャルロットも事前に試飲してみたが冷たさと甘さとが混ざり合い喉《のど》を潤す、嬉しくなれる飲み物が完成したと思っている。

「……これは、反則ね」

アニーは一口喉に流し込んだ後、実に複雑そうな表情でそう呟いた。

「私の方が南国フルーツは食べているし、特徴を網羅《もうら》して作っているはずなのに……これ、美味《おい》しすぎるわ……!!」

「お気に召していただけたなら光栄です」

「お気に召すも何も……。ああ、私に氷の魔術が使えたらほかの氷菓子で対抗するのに！　でも、私だって負けないんですからね！　だからひとまず今日はこれをお代わりする！」

そうして元気に宣言したアニーにシャルロットも「私も負けません」と主張しながら、素早く二杯目を用意した。

そしてずいぶん元気な喫茶店主仲間ができたものだと思えば、やはり嬉しくならずにはいられなかった。

第二話 そこが輝ける場所ならば

Welcome to the healing Mofu Cafe!

シャルロットとアニーが共にひと月の間行ったキャンペーンは、好評のうちに終了した。

シャルロットにアニーの店を教えてくれた女性客も、キャンペーンを機にあちらの店を訪ねたらしい。

「……あの店も想像以上によかったわ。いえ、私はもちろんマスター一筋よ⁉　でも、正直……私、食わず嫌いをしていたのを認めざるを得ないわね」

「私、店主のアニーさんとお友達になったんですよ。私もまたお邪魔する予定です」

「マスターは本当に心が広いというか、凄《すご》いわね。……でも、マスターが行くなら私もたまに行ってもいいわね？」

シャルロットに以前行かないと宣言していたからだろう、少し様子を窺《うかが》う雰囲気であったものの、シャルロット自身が行くと聞いてほっとしている様子だった。

（でも、私もここで踏ん張らないとアニーさんのところにお客さんを全員持っていかれて困ることになるかもしれないわ。アニーさんのところもお客さんが着実に増えているし）

しかし実際のところ、シャルロットの店にも客は増えている。

それもやはりキャンペーンのおかげだった。

『今だけの特典があるからって聞いて……友達も誘っちゃいました』

そう言いながらやってくる客が増えたことからということもある。

『この冷たさ、本当にたまらないわ』

『疲れも暑さも吹っ飛んじゃう！』

『また新しい味だわ。南国風の果実だけでも贅沢なのに、こんな加工まで……もう、私たちまるでお姫様みたい』

『毎日飲みたいくらいだわ』

そうはしゃぎながらスムージーにはまっていく客たちも現れた。

特にスムージーのほうはうっとりしたように言ってくれる客も多く、新たな名物として君臨《くんりん》している。

（フルーツのみじゃなくて、お野菜や薬草茶とフルーツの組み合わせのスムージーも健康によさそうって人気が出てきたし……順調、順調！）

あとは、常連客たちの入りも以前より増えたような気がしたので尋ねてみると、『可愛い動物たちが日々の癒しになっているっていうことを再確認したの』などと力説された。

『それに、日替わりのデザートの豊富さもやっぱりアリス喫茶店の魅力だわ。私、けっこう来てるつもりだけど、日替わりが同じだったことってまだないのよ。クッキーだけでも味がたくさんありすぎて。って、そもそも定番商品だってまだ全部は食べていなかったのよね……お気に入りを注文しすぎて』

アニーの店に行ったことで改めてアリス喫茶店の魅力に気づいてもらえたり、もっと深く知ろうとしてもらえたことで来店回数が増えたらしい。

それはとてもありがたいことだと思いながら、シャルロットは調理に取り掛かる。

まだ営業時間内だが、すこし時間ができたので自分のおやつを作りたいのだ。

(今日はパンの耳がたくさん出たから、放っておくのはもったいないし)

まずは熱したフライパンでバターを溶かし、お昼のサンドイッチの注文で余りが出たパンの耳をフライパンに入れる。そこに砂糖を加え、カリッとするまで炒める。

「よし、これくらいかな」

出来上がったものを白い皿に入れて砂糖をふりかけたとき、マネキがちょうど調理場に現れた。

『主《マスター》、少しミルクをもらえぬか……。おや、それはなんじゃ？』

鼻を動かしながら近づいてくるマネキにシャルロットは小さく笑った。

「これはパン耳ラスクだよ」

『ほう、いつもはフレンチトーストになっている、あのパンの耳か』

「うん。ちょっと趣向を変えてみたの。試食してみる？」

そう言いながらシャルロットはマネキ用の小皿に二つほど入れて差し出した。

「熱いから気を付けてね」

そしてマネキが食べるのを見届ける前に、シャルロットは保冷庫から牛乳を取り出し用意をする。

『ふぉっ⁉』

だから、突然そんな表現しがたいマネキの声を聞けば肩を震わせるほど驚いた。

「ど、どうしたの？」

『マ、主……これは大変美味だ‼　もう少しいただけないだろうか……！』

マネキは目を輝かせるとしっぽを全力で振った。

『このサクサクとした食感……何ともいえぬ楽しさだが、甘さも素晴らしい』

「気に入ってくれたのね」

『ああ。新しいものを食させていただくたびに感動を覚えているが、これも新しい食感だ』

「ふふ、ならよかった。たくさんあるから、お代わりも追加するね」

『ありがたい……！』

そうして喜ぶマネキだったが、やがてピンっとしっぽが伸びた。

「どうしたの？」

『主、一つ我儘を聞いてはもらえないだろうか？　なかなかよい考えを思いついたと思うのだが』

「どういうことかな？」

『これにはちみつやナッツを加えることはできぬだろうか？　この控えめな甘さも上品で素晴らし

いが、我はこの組み合わせでも食べてみたく……』

少し上目遣い気味にリクエストされ、シャルロットは少し驚いた。

（マネキからのリクエスト、初めてかも。嬉しいな）

そう感じると頬は自然と緩《ゆる》んでしまった。

「もちろん！　任せて、おいしく作るからね！」

『おおお、ありがたい……！』

そしてシャルロットが約束を交わした後、より張り切って接客をするマネキを微笑ましく見ているうちに営業時間が終了した。

一日無事に終わったことにほっとしながら店を片付け賄《まかな》いを振る舞い終えたので、明日の仕込みを始めようと思ったそのとき、店のドアをノックする音がした。

（お客さん？）

閉店の札を下げているので、飲食を求めて来店した者ではないだろう。

明日の営業時刻までは放っておいてもいいのだが、もしかすると客が忘れ物の確認をしに来た可能性もある。

（まあ、様子だけ見ようか）

そうしてシャルロットはドアの覗き穴から外の様子を窺った。

するとそこにいたのは深くフードを被った、少し背の低い少女だった。

（あれ……？　こんなお客さん、いたっけ？）

フードはかなり大きめなので、被っておらずとも目立つだろうと想像がつく。

しかしタイミング悪く見ていないだけかもしれないし、そもそも小さい子を放っておくのは気が引ける。

「……ええっと……どちら様ですか？　どうかされました？」

ドアを開けてシャルロットが尋ねると、少女は驚いたようにシャルロットを見た。

しかし次の瞬間にはぐっとこぶしを握り、小さく息を吸い込んでからはっきりとした声を発する。

「あの、こちらに大きな猫がいると聞いたのです」

「え？　うん、いるよ」

しかしなぜ今の時間に尋ねに来たのかと首を傾げつつ答えれば、少女はシャルロットにしがみついた。

「お願いです、その猫に会わせてください！　会わなくてはいけないのです!!」

「え!?　ど、どうしたの？」

会わせる会わせないより、何が起こっているのだと焦っていると、そこにちょうど猫の鳴き声が響いた。

『主、なにかあった……』

「あ、マネキ！　ちょうどよかった!!」

そうしてシャルロットがマネキを呼ぶと、マネキはゆっくりとシャルロットたちに近づいた。

そして、不意に動きを止め、目を見開いた。

『もしかして、レヨン殿か……？』

そのマネキの声が届くと同時に少女はシャルロットから離れ、ポンッと音を立てて煙を纏《まと》った。

思わずシャルロットは目を瞑《つぶ》ったが、再び目を開いたとき、そこで二足歩行の猫を目撃した。背丈も服装も先程までの少女のものと変わっていないが、フードが外れて可愛らしい猫の顔がのぞいている。

「……え？　もしかして……幻獣？」

そして、マネキが『レヨン』と言っていたことから、恐らくこの猫はマネキの知り合いなのだろうことは想像がつく。

しかしシャルロットがその場で深く尋ねることはできなかった。

それは……。

『探してたんですからぁあああああ！』

そう、大きな声で叫ぶレヨンの言葉を遮《さえぎ》ることができなかったからだ。

だが、この場でゆっくりしていることも躊躇《ためら》われる。なにせ、いつ人目についてもおかしくない場所だ。

「えーっと……とりあえず……お店の中に入ろうか？」

動揺しながらもマネキはシャルロットの勧めに頷き、レヨンと呼ばれた猫を引きずるようにそのまま移動した。

（まさかマネキの知り合いが来るなんて思わなかった）

しかも、かなり心配をしている様子だった。こんなに心配しているならば、一度里帰りを強く勧めるべきだったかと思ったのだが……。

（あれ？　でもマネキって、一族から追い出されたって言ってたような……？）

その割にレヨンは、本気で再会を喜んでいるように見える。

（一体どんな関係なのかな……？）

シャルロットはそう思わずにはいられなかった。


店内でソファに腰掛けたレヨンは、そこで再び人間の姿に変身した。動揺して猫の姿になっていたことに、今しがた気づいたらしい。

彼女はそれほどに落ち着きがない様子だ。

そんな状況になんらかの深刻な話をすると把握《はあく》したらしいエレノアは、マネキ以外の幻獣をつれて二階に上がっていった。口だけを動かし、終わったら呼んでほしいと言っていた。シャルロットはその気遣いに感謝した。

（でも、本当に緊張してるな。何か飲んだら、少しは落ち着けるかな……？）

シャルロットは膝をおり、俯《うつむ》き加減のレヨンに顔の高さを合わせた。

「レヨンさん、飲み物にミルクはどうかな？　外は暑かったから、喉も渇いているでしょう？」

「え、あの、その、お構いなく。それよりも、みっともないところをお見せして申し訳ありませんでした。改めまして、私、猫神の里のレヨンと申します」

「素敵なお名前ね。私はシャルロット。よろしくね」

「は、はい。よろしくお願いいたします」

あまりにレヨンが恐縮《きょうしゅく》しているので、シャルロットは飲み物は後回しにすることにした。このままでは飲み物を出したところで手をつけられないことだろう。

それなら、まずはその問題を解決しなければどうにもならない。

「レヨンさんはマネキを探しにここに来たんだよね？」

「……はい」

レヨンは居心地悪そうにもぞもぞと動いている。

今までの行動からおおよそ察しはついていたことではあるが、改めて返事を聞くとやはり予想外の来客だ。

（こんなに心配してる子がいるとは思っていなかったかも。だって、マネキって餓死しかけていたんだし……）

種族特有の力が発揮できなかったマネキは霊界で仕事に就《つ》くことができず、魔力を得ることができなかったと聞いている。

（いつかマネキにも力が目覚めるはずだと魔力を融通していた仲間がいたというのが、レヨンさんのことだったのかもしれないけど……それでも、ここ二百年は魔力が得られなかったって言ってたよね？）

それにマネキ自身も『魔力の無駄食らい』だと罵《ののし》られたと言っていた。だから邪魔者扱いされていたのだと思っていたので、再会に泣き出すような状況にあるなど、誰が想像できようか。

そんな中でレヨンはポツリと口を開いた。

「その、お恥ずかしいのですが。実は私、二百年ほど前に『白いの』とちょっと喧嘩いたしまして」

白いの、とはマネキを指すのだとシャルロットは理解した。

この世界にやって来たばかりのマネキにはまだ名前がなかったので、毛色からそう呼ばれていたのだろう。

（二百年前だと、マネキが最後に魔力をもらった時期と一致する）

そうシャルロットが思う間にも、レヨンは言葉を続ける。

「白いのと喧嘩したとき、白いのは私以外から魔力を得ていませんでした。その後も誰かから魔力を受け取る様子がなかったため、注意して見ていたのですが……そろそろ限界に達してしまうと思ったとき、急に世界から気配が消えたのです」

（それ、多分はじめてうちに来たときのことだよね）

気配が消えたという感覚はシャルロットにはわからない。

けれどマネキはエレノアを呼ぼうとした召喚の道に飛び込んでシャルロットの元に来たのだから、異界での気配が消えても不思議ではない。

「私は最初白いのが消えてしまったのかと思いましたが、それにしてはあまりに跡形《あとかた》もなくなってしまっていました。ですので、どこかにいると思い、私は私の力を全力で行使し、ようやくこの世界に手掛かりがあると気づけました」

「……心配してたんだね」

「幸い、私の目は召喚された者の道の残り香を辿《たど》ることができました。ですからエレノア様の通っただろう召喚の道を見つけ、完全に閉じてしまう前に入り込んでこちらにやってきたのです。エレノア様が召喚されるのは玉座の間からでしたので、潜り込むのは大変でした」

「そ、そうなのね……」

確かに他種族の玉座に潜り込むとなれば、そう簡単にできることではないとシャルロットにも想像できる。

そして、まさかその間にマネキが仕事を得て食事を楽しみ、魔力を回復させていたなどとレヨンは想像さえしていなかっただろう。シャルロットですらどこか申し訳なさを感じるのだから、マネキが視線を逸らしているのも無理はなかった。悪いことはしていないはずなのに、なぜか罪悪感に苛《さいな》まれてしまう。

『す、すまん、レヨン殿。そこまで心配してもらっていたとは露ほども思わず……愛想を尽かされていたと思っていたのだが……』

やがて意を決したようにマネキは顔を戻して口を開いたが、その先でレヨンの表情は般若《はんにゃ》のような迫力ある形相《ぎょうそう》に変化していた。

「心配していると思われていたら私の決心の意味がありません‼」

『そ、そうなのか⁉』

「極限状態まで達した幻獣は突然力に目覚めることもあると聞いたので、厳しい物言いを実践したのはちょっと悪かったなって思っています！　でも、白いのだって、私から言われて当然のように納得してるから腹が立ってきて……！」

『と、当然のことを言われたとは思っておるが……そもそも喧嘩とレヨン殿は言っておるが、元より正当なことしか言っておらなんだ！』

感情を爆発させるレヨンとオロオロとするマネキを見て、シャルロットは理解した。

（うん、二人とも、もともとは仲良しだったのはよくわかった）

今も、そして昔も互いを嫌っていることはない。

ただしそれだけ仲良しならばマネキが引け目を感じていたことにも気づいただろう。レヨンはそれをどうにかしようとしたのだろうが……その方法が、マネキに合わなかったということだ。

ただ、その二人が仲違《たが》いになった原因ならすでに解決している。

「ねえ、レヨンさん。今、マネキには特技ができたんですよ」

「特技ですか？」

レヨンは不思議そうにマネキを見た。

マネキはそこでハッとしたように胸を張った。

『我は今ここで……主のもとで働き、魔力を得て、そして千里眼の能力を得た。長い間レヨン殿が我の面倒を見てくれていたお陰で、我はこちらに渡り主に会えた。深く感謝申し上げる』

マネキはそう言うと深々と頭を下げた。

レヨンは固まっていた。そして、瞬《まばた》きだけを繰り返している。

しかしその後急にマネキの前足を両手で握った。

『レ、レヨン殿……？』

「そ……それなら、すぐに私たちの里に戻りましょう!!　これで皆が『白いのは素質を持っていても開花できない無能だ』などと言っていたことを否定できます！　皆に謝罪してもらわなければいけませんし、次の里長《さとおさ》だってもともと白いのが一番有力だと言われていたではありませんか！」

「え!?　マネキって里長候補だったの!?」

「ええ！　潜在的に能力があると、昔から注目されていたのです！　ただ、なかなか開花しなかっただけで……！」

その話は初耳だ。シャルロットが思わずマネキを凝視すると、マネキはゆるく首を横に振った。

そして、真っ直ぐレヨンに視線を返す。

『レヨン殿の思いやりに二百年も気づかなかったこと、大変申し訳なく思う。だが、我はここでマネキという名を得て、やるべき仕事ができた。ゆえに里には戻れぬ』

「え？」

『我はもう里には戻らぬ。ここで暮らしたいのだ』

「どうしてです！　せっかく……もう、誰にも反論なんてさせないのに！」

『あの場所の皆は、我を求めてはいない。だが、ここの皆は我を求めてくれている。だから、ここが我の居場所だ』

マネキが言い切ってくれる内容はシャルロットとしても嬉しいことだ。しかしレヨンがマネキのことを思って行動していたことも伝わってくる。

マネキのことはマネキの意志が尊重されるべきと思うものの、納得できないままレヨンに帰ってもらうのも気の毒だ。

（……うーん。でも、そうなると……まずは今のマネキを見てもらう必要があるよね）

そう思ったシャルロットは両手をパンとあわせて音を立て、二人の注目を集めた。

「ねぇ、レヨンさん。明日、うちのお店のお客さん体験をしてみない？」

「え？」

「マネキは凄く人気の店員なの。せっかく遠いところから来てくれているんだもの、マネキがどういうふうに働いているのか見たり、お菓子やお茶を楽しんでいったりしてくれないかな？」

突然の誘いにレヨンは戸惑ったようだった。一方、マネキはその提案に全力でしっぽを振った。

『それは我からもレヨン殿にお願いしたい。主の品々は王都の民たちから絶大な支持を受けている。二百年越しとなるが、我の給金でお礼に御馳走させていただけないだろうか』

レヨンは戸惑っていたものの、輝くマネキの瞳に押し負けるように頷いていた。


その後夕食はどうするかとシャルロットは尋ねたが、レヨンからは遠慮されてしまった。まだ食べていなくても、食べる気にならなかったのかもしれない。

そういう気分なら一人でいたいだろうと、その夜シャルロットは自身の部屋を貸すことにした。

シャルロットの自室は二階の一部屋だけなので、レヨンを泊めるためには幻獣たちも場所を移して寝ることになる。ひよこの琥珀は籠を寝床にしているので移動させるのは難しくない。マネキやクロガネも敷物やクッションを移動させれば問題ない。そしてシャルロットもまた、ベッドの代わりに店のソファがあるので大した問題でもなかった。

そして、翌日。

光が差し込み部屋が徐々に明るくなると、シャルロットも自然と目が覚めた。

（思ったよりも、ソファって寝心地いいのね。さすが、値が張っただけのことはあるかも）

そんなことを思いながら身支度を整えたシャルロットは、まずは窓を開けて店の掃除を始めることにした。

シャルロットが動き出したからか、マネキとクロガネもゆっくりと動き出す。

「おはよう。まだ朝食まで時間があるから、今のうちにお散歩に行ってこない？」

マネキもクロガネも手伝いたそうにはしているが、あいにく獣《けもの》の手では掃除は難しい。

しかし今の時期、この時間帯の散歩が一番気持ちが良い。

この提案は魅力的だったのだろう、反論はなく共にいそいそと表へ向かった。

それを見送ったシャルロットは軽く掃き掃除をした後、モップをかけ、最後に気合を入れてテーブルを拭いていく。

そしてそれが終わると、今日のランチの仕込みを始めた。

今日のメインは豆粒ポテトのグラタンだ。豆粒ポテトは皮が薄いので、綺麗に洗って塩茹《ゆ》でしたのち、皮を剥《む》かずにそのまま丸ごと食べるのが王都流の食べ方だ。しかしそのホクホク具合はグラタンにもとても合う。だから、ここはあえて主流ではない調理をして提供したい。

（塩茹でをしたお芋と玉ねぎとベーコンを炒めたものに昨日仕込んだホワイトソースとチーズをた

っぷり載せてオーブンで焼けば、とても美味しく出来上がるのよね）

チーズが適度に焦げた素晴らしい仕上がりを想像するだけでも食欲が増してくる。

ポテトを茹でながら玉ねぎとベーコンを炒めたシャルロットは、合間を見て朝食の準備にも取り掛かる。

今日は大きめに、しかし適度な薄さで切ってカリカリにしたベーコンと半熟の目玉焼き、トースト、サラダ、ダイスカットしたフルーツ入りのヨーグルトを用意した。

「よし、完成。琥珀、おはよう、そろそろ起きようか。朝ご飯だよ。マネキ、クロガネ！　ご飯ができたから入っておいで！」

シャルロットが声をかけると、朝食が並ぶテーブルに一同があっというまに集まった。

「マネキ、レヨンさんが起きてるか見てきてくれる？　起きてたら呼んできてほしいんだけど」

『承知した。この、美味しそうな朝食はきっとレヨン殿も喜ばれる』

そして嬉しそうにマネキが二階へ向かおうとしたところ、ちょうどレヨンが二階から下りてきた。

「あ、あの。寝床、ありがとうございました」

「気にしないで。おはよう、よく眠れたかな？」

「はい。おかげさまで」

「よかった。じゃあ、朝ご飯が用意できているから座って。マネキの隣で、どうかな？」

「え、あの、食事ですか？」

レヨンはまだどういう状況なのか、あまり把握していないようだった。

しかしマネキはそんなレヨンの様子には構うことなく、『こちらだ』と嬉しそうに案内している。

レヨンはまだ訳がわからないという戸惑った表情を浮かべていたが、やがて席につけばその表情を驚きで染めた。

「美味しそう。これは……このお店で出している食事ですか？」

「ううん、これは私たちの朝ご飯、賄いだよ」

「これが、商品じゃないのですか？」

シャルロットの言葉にレヨンは衝撃を受けていた。

「冷めないうちにどうぞ」

「で、では遠慮なく……」

そういうと、レヨンはまずフォークを手に取った。

それから何を最初に食べるか少し迷ったようだが、やがてベーコンを口に運んだ。そしてその瞬間、目が見開かれた。

「こ、これは……お肉……ですよね？　ですが、かりかりとしてジューシーな……」

『そうだろう、そうだろう？　このベーコンは主が休みの日にお作りになったものだ』

「作る……？　こんな、濃厚な味に凝縮された肉をですか⁉」

『ああ。だが、主の実力はこんなものではない。もっと楽しみにしておいてもらっても絶対期待を裏切らぬからな』

まるで自分が褒められたかのようにはしゃぐマネキは、そのまま誇らしげに言い切った。

『例えば、そこにある目玉焼き！　とろりとした黄身と、固まってつるつるとした表面の白身と混ざり合うとまた美味で……。白飯にかけても本当に美味しいんだが、まずはそれだけで食してみてほしい』

「……！　本当です……！　お、美味しい……！」

そうやって連続して驚くレヨンを見たシャルロットは、少しだけホッとした。

（この状況だと、店のメニューも楽しんでもらえそう）

味覚が近いのは、何をおいても一番ありがたい。

（一番の目的はマネキの姿を見てもらうことだけれど、マネキがいい職場で働いてるって思ってもらうためには私もしっかりとやらなきゃ、きっと安心してもらえない）

そう思うと、より楽しんでもらえるようにしようとシャルロットは気合を入れた。


その後、開店前にシャルロットはエレノアを呼び出した。

レヨンにはカウンターで様子を見てもらうということになったが、やってきた光の精霊女王の姿にレヨンは驚いていた。

「……エレノア様でございますよね？」

「ええ。おはよう、昨日はよく眠れた？」

「え、ええ。あの、昨日……その、お見苦しいところをお見せしましたでしょうか……？」

レヨンも昨日エレノアを追ってきていたので、エレノアがいてもおかしくはないことには気づいていたのだろう。ただし昨日の様子を思い出す限り、エレノアがその場にいたかどうかの記憶は定かではないようだ。

しかし、エレノアもそのようなことを気にする性格ではない。

「昨日、疲れた様子だったじゃない。あれ、覚えてない？　まあ、深刻そうだったものね。でもせっかくここにいるんだもの。お客として楽しんでね」

そう言いながら、エレノアは自分の仕事に取り掛かった。

「あの、シャルロットさん。エレノア様の……そのお姿が、こちらの人間の衣服をお召しになっているようなのですが、こちらのお店で働くためにいらっしゃってるのですか……？　その、戦闘能力という意味ではなく、力をお与えになっているのでしょうか……？」

「うん。ありがたいことに、そうなの」

レヨンはエレノアが召喚されていることを知っても、まさか接客業のためだとは思っていなかったのだろう。

「精霊女王様がなさるような、そんな凄い仕事を、白いのは一緒にさせていただいているのですか……？」

呆然としつつも、レヨンはエレノアの姿を目で追い、それから改めてマネキを見つめていた。

まもなくして、客がやってくる。一番最初の客は二人組の女性だった。

「おはよう、今日はお休みだから一番に来ちゃった」

「今日のお勧めはなにかしら？」

そう言いながら入ってくる女性にシャルロットは近づいた。

「いらっしゃいませ、今日は軽食ならカツサンド、デザートならスフレチーズのケーキがありますよ。お茶も合うようにハーブティーをブレンドしてます」

「え、そのケーキ、私食べたことないわ！　それをセットでお願い！」

「わたしも！」

女性を席に案内した後、シャルロットは調理場に戻った。

そしてそれと入れ替わりにマネキが女性客のもとへ行った。

マネキはいつも通り歓迎の思いを『にゃー』という鳴き声で伝え、客が喜んで撫でたり前足と握手をしたりしている。

「……もしかして、白いのの仕事って、あれなんですか？」

「ええ」

「し、仕事……？　撫でられるだけが、白いののやるべき仕事なのですか？　白いのは、自分がやるべき仕事と言っていますが、誰にでもできる仕事のように思えますが……」

不思議そうに、というよりは怪訝そうにレヨンは見ている。

「撫でてもらうことも大事なお仕事だけど、一日見てもらえるともっとわかると思うの。私も最初誘ったときにはわかっていなかったんだけれど、マネキはすごく人の動きを見ているから。人を笑顔にしてくれる仕事をしてくれるの」

その意味は、言葉ではなく実際に見てもらわないと通じないとシャルロットは思っていた。

レヨンに一杯の冷えた薬草茶を出し、シャルロットはそのまま仕事をしつつマネキと、それを見るレヨンを見守った。

マネキは忙しい時間であっても、自分に興味を持っている人のところにはちょうどいい具合で接客に行く。加えて、その時間帯には水が空《から》になったグラスや注文を言いそびれている人を見つけるとエレノアにすぐに伝えに行く。

あまり自分たちに興味を持たず飲食に集中する人のところには近くを通って挨拶する程度でそれ以上は近づかないし、少し時間が空けば外に顔を出して公園に来ていた客の興味を引く。特に小さい子供が外にいれば可愛い歓声が店の中にまで聞こえてきた。子供は『マネキちゃん、マネキちゃん！』と歓声を上げ、抱き着いたようだった。

レヨンはそれらをずっと同じ席から眺めていた。

「……白いの、楽しそうですね。それから、白いのと一緒にいる人たちも楽しそう」

「そうでしょう?」

「白いのに能力が目覚めたと聞き、私はそちらを使う仕事をしているのかと思いました。でも、能力も目覚めたのかもしれませんが……これは、もともと白いのが持ってた洞察力を使う仕事なのですね。ならば、性に合っているのでしょう」

レヨンは納得したように呟いているが、それでも表情は晴れていない。

シャルロットは少し手を止めて、レヨンに声をかけた。

「お茶のお代わり、いかがかな?」

「あ、はい」

「それから、これをどうぞ」

そしてシャルロットが出したのは、パンの耳で作ったスティックラスクだった。ナッツを合わせてほしいというマネキの要望を受けて、前回とは少し作る手順を変えた。

まずは軽くパンの耳を焼き、その時間で軟らかくしたバターとはちみつを練り合わせる。それからそのパンにはちみつバターを塗り、砕いたナッツをまぶし、その後再度オーブンで焼いた。

「あ、ありがとうございます」

そう言って、レヨンはゆっくりと口に運んだ。

かりっとした食感はシャルロットの耳にも届いた。

「どうかな？」

「……甘くて、とても美味しい、です。それから、この……なんというのでしょうか？　木の実がアクセントになって、すごく好きです」

「よかった。これ、実はマネキの考案したメニューなの」

それを言うと、レヨンは小さく息を呑んだ。

「どうやら『マネキ』は私の知っている白いのとは違うようですね」

そして今度は長い息を吐く。

「きっと本質的には同じなんだと思います。でも、あの子は自分の意見より、ずっと周囲ばかり見ている子でした。それしかしなかった。私がずっと思っていることを言ってほしいと伝えても、自分の主張はしなかった。ちゃんと自分の考えを伝えることができるように……あなたに会ったことで、変わったのですね」

「たぶん、自信がなかったから言えなかっただけだと思うよ。だって私と最初に会ったマネキも、自分は何もできないって言ってたもの」

だからシャルロットは少しずつできることからしてほしいと思った。

本当はいてくれるだけで店の癒しになると思っていたものの、思った以上にマネキに店員としての素質があったため、今はとてもありがたい店の戦力になっている。

「もしかしたら、その『周囲ばかり見ている』が今のお仕事に合ったのかもしれないね」

「……白いのが本当にやりたいことを見つけてしまったなら、私に勝ち目はなさそうです。白いのは、これまで散々だったんです。だから、その分清算させてあげないと可哀想ですよね」

そして、軽く肩をすくめる。

「それに、あの白いのの様子を見てると、よくよく考えたら里長となり崇《あが》められるのも本人の居心地が悪そうな気がしました。里長になれば誰も撫でてはくれません」

「あはは、そうだね。マネキは人との触れ合いをとても楽しんでいるもの。気軽にお話ができなくなるような立場になると、寂しさを感じちゃうかもね」

シャルロットの笑いを見たレヨンもまた、表情を崩した。

「あなた、白いのとの付き合いは浅いのによくわかってますね」

「お褒めに預かり光栄です」

「……白いのは、私がまだうまく占いができなかったときに、いつかできるって励まし続けてくれました。一緒にできるようになろうって。だから、私も励ましたかったのに、それだけが心残りです」

「レヨンさんも優しいね。マネキと同じくらい」

「からかわないでください」

そう苦笑したレヨンは改めてシャルロットに向き直り、深々と頭を下げた。

「でも、あの子が本当にここを自分の居場所だって思っているなら、私も覚悟ができました。私があの子に代わって、里長になります」

「え？」

「一番強い力が目覚めるはずだったあの子が本当は一番の里長候補でした。でも、目覚めないままいなくなった。そうなれば、二番目に順番が回ってきます。……みんなが一番は単なる落ちこぼれで間違いだったって言ってても、私だけは一番だった子がいたって知っていますし、今、『マネキ』として頑張ってるのは覚えてますから。だから、『マネキ』のことをよろしくお願いします」

そうして笑うレヨンの表情は寂しさが残っているものの、とても晴れやかだった。

（……というか、レヨンさん……里長になれるほど強い子だったの……？）

よくよく考えれば一人で異界から渡ってきたことや、未熟なものには名前がないということをマネキが言っていたことから考えれば相当強いのは当然なのかもしれない。

だからこそ、本当ならレヨンは無理にマネキを連れ帰ることだってできるかもしれない。マネキは力が目覚めたと言っても、まだ一人で異界と行き来するほどの力をつけているわけではない。

（それでもそうしないのは、やっぱりマネキのことを大事に思ってくれているからなんだろうな）

それは自分よりマネキが里長に相応《ふさわ》しいと考えていることからもなんとなく伝わると、シャルロットは改めて思ってしまった。

やがて閉店時間がやってきた。

『レヨン殿、あまり〝もてなし〟ができず済まない。いつにも増して、仕事が忙しくて……』

「お構いなく。これからもこちらで『マネキ』は頑張ってください。猫神の里の次の長は私がしっかり全《まっと》うしますので、里の野山が見たくなればいつでも遊びに来てくださいね」

申し訳なさそうにするマネキとは対照的にふっきれたレヨンははきはきと言葉を発した。

マネキは目を見開いた。

それは里長のことを知らなかったからなのか、それとも自分が名前で呼ばれたからか、あるいは両方なのかシャルロットにはわからなかった。

ただ、マネキは深々と頭《こうべ》を垂れた。

『……ありがたい。こちらもレヨン殿のことはいつでもお待ちしている。今度こそ、最上のもてなしができるよう努めるつもりだ。徹夜になろうとも考える』

「いいえ、夜はきちんと寝てください。そうでなければ、セッキャクにも影響が出るでしょう」

『相わかった。しかし……レヨン殿の占いはやはりすごいな。世界の壁を越えても我の居場所を見つけられるとは……。我も千里眼が目覚めたと言っても、そこまではまだできぬ』

「それはまだ力を完全には使えていないからだと思うよ。これからも頑張ってね。力が強くなれば、きっとシャルロットさんの手助けにもなるから」

『ああ』

「じゃあ、また来るからね。シャルロットさんも、みなさんも、お元気で」

それだけ言い残してレヨンは自分の世界に帰った。

本当ならシャルロットももう少しゆっくりしていってと言いたかったし、できれば夕食も一緒に食べようと誘いたかった。

けれどやや目元に力を入れている様子からして、それはレヨンの強がりを台無しにしかねないと思い直した。頑張って泣くまいとしている子の足を引っ張るようなことはしたくない。

（だったら、次来てくれるときにより満足してもらえるように頑張ろう）

そう思いながら見送ったあと、マネキを見るとマネキもシャルロットを見ていた。

『マスター、改めてだが……明日からもよろしく頼む』

「こちらこそお願いね。さあ、賄いの準備をしましょうか」

シャルロットはそう言ってからマネキの頭を一撫でした。

するとマネキも気持ちよさそうに長い鳴き声をあげた。


そして、その夜。

マネキはいつもより張り切り、それに釣られて皆にも気合が伝わったようだったので、賄いを食べた皆は早々に二階へと上がって就寝《しゅうしん》しようとしていた。そんな様子を見たエレノアも、土産分の菓子を手に異界へと帰っていく。

とはいえ、シャルロットにはまだ明日のための仕込みが残っているし、今日はあと一人、来客の予定がある。

もうそろそろだとシャルロットが食事を準備し終えたところで、閉店中の札を下げているドアがカランコロンと音を立てて開いた。

「いらっしゃいませ、フェリクス様。お疲れ様です」

「シャルロットもお疲れ」

顔を確認する前にシャルロットがそう言うと、フェリクスも軽く返事をする。

仕事帰りだと一目でわかる騎士服姿のフェリクスは、相変わらず時間がある限りシャルロットの護身術の稽古《けいこ》に付き合ってくれている。

前よりフェリクスも仕事が増えているようなので、もう大丈夫だと言おうとしたものの、それは当のフェリクスによって却下《きゃっか》された。そしてその理由がアニー喫茶店での騒ぎのことだったのでシャルロットとしても目を逸らすしかできなかったのだが。

そんなことを思い出しながら、まずは腹ごしらえをしてもらおうとシャルロットはカウンターに出来上がったばかりの食事を並べた。

「今日は閉店間際に来られたお客さんから新鮮な大赤魚をいただいたので、お魚ステーキにしたんですよ。マネキたちも大喜びだったんです」

「へえ、食欲をそそる匂いだな」

塩、胡椒《こしょう》、生姜《しょうが》、白ワインで下味をつけた大赤魚の切り身を焼いてから魚を取り出し、フライパンに醤油《しょうゆ》味のようなセウユースの絞り汁、レモン汁、砂糖にすりおろした大蒜《にんにく》を混ぜた特製だれを入れて煮たたせる。あとはグリーンサラダとともに綺麗に盛り付けてたれをかければ完成である。

「美味《うま》そうだ」

そう言ったフェリクスは、水を一杯飲んでから早速フォークとナイフを手に取った。

「……お味はいかがですか？」

「気づいたらなくなっていそうだ。独特の味付けが癖になる。香ばしさとさっぱりとした味わいがよくあっている。これは、酒までほしくなりそうだな」

手が止まっていないところを見ればシャルロットも嬉しくなる。

「しかし珍しいな。この時間にもうマネキたちがいないのは」

「今日はちょっといつも以上に頑張ってくれたので、疲れちゃったみたいで」

「何かあったのか？」

「実は……」

そしてシャルロットはフェリクスにレヨンというマネキの同郷の者が訪ねてきたこと、マネキに幻獣特有の能力が目覚めたのなら里に戻ってほしいと思っていたこと、マネキは戻らないと断言する代わりに今日一日レヨンに自分の今の姿を見てもらおうと張り切っていたこと、そしてレヨンもまた遊びに来ると言ってマネキの今の仕事に納得していたことなどを話した。

「それはいい出来事だったんだな。……でも、その割に難しいことを考えてそうだが？」

「難しいこと……ではないんですけれど。少しだけ、緊張はしていますね」

いつもどおりの表情をしているつもりだったにもかかわらず、フェリクスがこともなげに指摘したのでシャルロットも素直に白状した。

「実は私、そんなに重大な局面に出合うだなんて考えていなかったので。マネキの意思を尊重してそれが伝わるように行動したつもりだったんですが、マネキの本心まで汲めていなかったかもしれない……って可能性もゼロじゃないな、と、ちょっとだけ。マネキがここに堂々と残れるようにって動いたけれど、もう少し考える時間を取ってあげた方がよかったのかなとも思うんです」

マネキの望みを優先して聞いたつもりではあった。しかしシャルロットとしては残ってほしいという気持ちがあったので、その気持ちが強くて何か見落としがあったかもと思うと、今さらながら少し不安になる。

しかしフェリクスは軽く笑った。

「難しく考える問題でもないだろう。マネキも主と敬う相手に本心を隠すような性格じゃない」

「そう……ですよ、ね」

「安心していい。シャルロットは信頼されている。それに予定と違っていても満足することなんてよくあることだろう？　宮廷召喚師になるはずだったシャルロット・アリス殿？」

少し悪戯調子に言われ、シャルロットは思わず苦笑した。

自分に当て嵌《は》めればそうだと思うものの、どうにもそれでいいのか迷ってしまっていた。しかし自分だけではなくフェリクスがそう言うのであれば、やはり間違いではないのだろう。

「それなら、安心しました」

「ならばよかった。では、安心したまま、一つ受け取ってほしいものがある」

「……これは？」

フェリクスが差し出したのは一通の封筒だった。

白い封筒はしっかりとした厚みの紙で、普段シャルロットが触れることのない上等なものだ。

「招待状を預かってきた。とりあえず見てほしい」

「はい」

そう言いながら、シャルロットは筆記用具などを置いている戸棚まで向かってペーパーナイフを取り出し、封を切った。

それから中身を見て……思わずフェリクスのもとに走って戻ってしまった。

「ちょ、これ……！　どういうことですか⁉　これ、差出人が王妃様だって書いてあるんですけれど……！　え、偽物《にせもの》じゃないですよね⁉」

まさか見間違いだろうと思ったが、そうではない。よくよく見ると封蝋《ふうろう》もこの国の紋章である。しかし一般庶民であるシャルロットが王妃と顔を合わせる機会など、今後もないと思っていた。

「……ひとまず落ち着いてくれ」

「落ち着けませんよ！　というか、こんなもの持ってよく落ち着いていられましたね⁉」

「あー、わかった。でも、頼むから落ち着いてくれ。……元はといえば俺の母が『宮廷召喚師になる予定だった子が街に開いたお店が凄く人気らしい』ということを王妃様に話したのが原因だ。母は王妃様と幼い頃から仲が良く、王妃様も母の言うことに興味を示したんだ」

「フェリクス様のお母様が？」

そういえばフェリクスの母親は宮廷召喚師だったとシャルロットは思い出した。そして自分が宮廷召喚師になる予定であったと話したということは……合格を信じ、楽しみにしてくれていたのかもしれない。そう思えば自分の責任ではないにしろ、少し申し訳なく、かつ残念な気持ちにもなった。

だが、宮廷召喚師になれなかった後も喫茶店の情報を追ってもらっていたというのは少し意外だった。

（フェリクス様がお家《うち》で話してくださっていたのかな？）

そもそも試験を受ける予定だったといっても願書すら提出されていない状況だったので、そうでなければ伝わることもなかっただろう。

「母と王妃様の二人はよく茶会をしているが、そのときに『喫茶店』を体験させてもらえないかと打診しているのがその手紙だ。二人の茶会は一般的な茶会ではなく、井戸端会議の延長のようなものだと思ってもらって構わない。なんなら、断ってもらっても特に何か悪影響がでるようなものでもない」

「え？」

「あまりそういう場は得意じゃないだろう？」

確かに得意ではない……というより、はっきり言えば苦手だともいえる。

（でもフェリクス様のお母様がいらっしゃるなら、たぶん大丈夫な気がする）

宮廷召喚師であるフェリクスの母は、幻獣に対し対等に接した人物だ。少なくともシャルロットの同期であった召喚師見習いたちとは違う。

「お気遣いありがとうございます。ですが、せっかくのご指名ですからお受けいたします」

「いいのか？」

「はい。フェリクス様のお母様がいらっしゃるなら安心です」

まだ会ったことはないものの安心できると思ってそう言えば、フェリクスは少し呆れたようだった。

「信頼されているのは光栄だが、俺もさすがに女性の茶会の雰囲気は知らない。井戸端会議っていうのも伝聞《でんぶん》だからな」

「大丈夫です。王妃様も私の店にご興味を持ってくださっているのですから、普段通りが一番だと思うんです。それに、もしかしたらすごい宣伝になるかもしれませんよ？」

そう言って笑えば、フェリクスも肩の力を抜いた。

「あ、でも……お店の都合もあるので調整させていただきたいのですが、こちらから尋ねるのは失礼でしょうか？」

「手紙を少し見せてくれるか？　ああ、……この文面なら建前ではなくシャルロットの都合を聞いたうえで実施の可否を聞きたいということだから、安心して大丈夫だ。ちなみに面識のない貴族に手紙を書いた経験は？」

「ないです」

「なら、返事を書くのを手伝おう。一応、手紙にも形式はある。王妃様も気にする方ではないと思うが、シャルロットは気にするだろう」

「ありがとうございます」

そうしてシャルロットはフェリクスに手伝ってもらいながら、王妃への手紙を書いた。

（なかなか使う機会はないかもしれないけれど、書き方をちゃんと覚えておこう）

そう思いながらシャルロットは緊張しつつも丁寧《ていねい》に手紙を書いた後、フェリクスに預けた。

第三話 やんちゃな紳士の思いやり

Welcome to the healing Mofu Cafe!

フェリクスから手紙を受け取った翌日からシャルロットはお茶会に向けて新たなメニューを考えていた。

（うちのお店の人気メニューにも興味を持っていただいているようだけど……せっかくなら、事前に耳に入っている情報以外のものもお見せしたいわよね）

客に飽きられないためにも、新しいメニューを取り入れることはいつも心がけている。

だからいつもより少し早めにメニューを考えると思えば特に差し障《さわ》りはない。ほかの客にしたことがない特別なことではあるものの、いつもお世話になっているフェリクスの母だと思えば、それだけで理由は十分だ。

（今の店の評判を聞いて興味を抱いてくださってるなら、アリス喫茶店らしさもあるメニューにしないと）

そうなると茶葉を利用し、かつ今の店にはない商品を提供するのが一番だろう。

（夕飯の後、いくつか作ってみようかな？）

そう思ったシャルロットは閉店間際の客が控えめな時間から賄いを作り始め、閉店時間の到来と同時に賄いを振る舞った。

今日の夕飯はキノコや玉ねぎ、ベーコンをふんだんに使ったホワイトソースのピザだ。とろりと滑らかなソースはマネキたちにも大人気だ。クロガネのしっぽは激しく動いているし、琥珀も少しずつつつきながら上機嫌な様子である。

なにより、最近ホワイトソースにはまっているらしいエレノアには大好評だ。

「やっぱりこうして美味しい賄いを食べていると、一日が終わったって思うわ。癒される。手で食べるのだって、あっちで女王様をしていたらなかなかできないけれど、ここなら気にせず存分にできて幸せよ」

「喜んでもらえて何より」

「もちろん……って、シャルロット。あなた、何をしているの？　食べないの？」

「私は味見がてらに先に食べてるから、ちょっと新しいメニューを考え中なの」

自身の食事を用意せず、メモ用紙にいろいろと書いているシャルロットは手を止めずにエレノアに答えた。

「ああ、フェリクスの母親と王妃をもてなす予定って言ってたわね。……って、結構没にしてるメニューもあるのね？　レヴィ茶のマドレーヌなんて美味しそうなのに、横線を引いてるってことはダメなのよね？」

「ああ、うん。一瞬いいかなって思ったんだけど、マドレーヌって貴族のお茶会ではメジャーなお菓子なんだって。だから味を変えても、驚きは小さいかもって」

いずれ店で出すにはいいかもしれないが、今回のお茶会にはあまり相応しくないだろう。

「へぇ。ほかに何か気をつけてることはあるの？」

「あまりボリュームが出過ぎないようにはしてるよ。コルセットをなさってると思うから、小さめにして出さないとって考えているかな」

あんな締め付けるための道具を着用しているとなれば、あまり多くは食べられない。

どれほど苦しいものなのかは自分で使ったことがなくてわからないので、グレイシーに相談してみたほうがいいかとも考える。

「って、エレノア？　なに笑ってるの？」

「なにって、シャルロットが楽しそうで何よりって思っただけよ。難しそうな顔はしてるけど、とても生き生きしているわ」

そんなふうに言われて、シャルロットも笑った。

「だって、私が楽しんでいないとお客様にも楽しんでいただけないでしょう」

今のシャルロットにとって相手が王族であること自体にプレッシャーはない。強いていうのならば、高級な食事をしている人にも楽しんでもらえる食事というものはどういうものかという悩みがあるくらいだ。

しかし、そうして話をしていると、ちょうどカランコロンとドアベルの音が響いた。

「あ、すみません。今日はもうお店は終わっているんです」

反射的にシャルロットがそう言いながら入り口を見ると、そこには一人の少年が立っていた。

少年は十を少し過ぎたくらいで、銀髪に青い目をしている。そして、とても整った顔をしていた。

(あれ？　なんだか見たことがあるような)

間違いなく初対面の相手であるはずなのに、不思議とシャルロットは既視感《きしかん》を覚えた。そして反応が遅れたその隙に、少年は口を開く。

「お前が兄上をたぶらかした不届き者か！」

「え⁉　たぶらかした⁉」

その言葉にシャルロットは目を丸くした。

今までの人生で男性を誑《たぶら》かしたことなんて一度もないはずだ。むしろ自分が誑かせるような相手に出会った記憶もない。

いわれのない発言に驚きながらも、ただ事実を伝えるだけでは毛を逆立てる猫のように威嚇《いかく》する少年が納得するとも思えない。下手をすれば火に油を注ぐだけだ。

そもそも、この少年は一体何者なのか。

(この年齢で『不届き者』なんて難しい単語を使うなんて、この子、庶民じゃないような……？

兄上っていう言い方もそうだし)

しかしシャルロットが貴族で親しい男性となれば、非常に限られてくる。

むしろ、学院卒業後も付き合いがあるとなれば心当たりは一人しかいない。

「あの……もしかして、あなたはフェリクス様のご兄弟ですか？」

「もしかしなくてもその通りだ！　私は、ギャレット・ニコル・ランドルフ。フェリクス兄上の弟だ!!」

そう言い切ったギャレットを見て、シャルロットは大いに納得してしまった。

（初めてお会いしたときのフェリクス様をもう少し幼くしたら、そっくり！）

ギャレットの方が気が強そうではあるのでまったく同じというわけではないが、それでも似ている。フェリクスから兄弟の話など聞いたことがなかったシャルロットには驚きだ。

だが……それだとますます、『たぶらかした』の意味がわからない。

「何を奇妙な顔をしている」

「奇妙な顔も何も……どこでそういう誤解が生じたのでしょうか？」

少なくともシャルロットがフェリクスを誑かしたことはないし、フェリクスにも誑かされた様子はない。いったいどうしてそんな誤解が生まれたのかと首を傾げれば、ギャレットはさらに目を吊り上げた。

「どうもこうもあるか！　兄上の帰宅が遅い日があまりに多く、私が理由を調べたんだ！」

「え？　それは、お仕事がお忙しいからですよね？」

「もちろんそれもある。だがこの間、母上がシャルロット・アリスなる人物によろしく頼む旨を兄上に述べられているのを聞いた」

　それはお茶会の話だったのだろう……と、シャルロットが口を挟む間もなくギャレットは言葉を続けた。

「召喚師候補のシャルロット・アリスの名は以前より兄上の口から聞いていたことはあった。だが、母上がよろしく頼むような相手……そうだとすれば恋仲だろう⁉　兄上がいつもここに寄るせいでお帰りが遅いのではないか⁉」

　その言葉にシャルロットはむせ込み、やりとりを傍観《ぼうかん》していたエレノアは噴き出してしまった。

「それもこれも、お前が兄上をたぶらかしたのが原因なのだろう⁉　いつの間に母上にまで手を出した‼」

「いや、それはさすがにとんだ飛躍でしょう‼　ただ名前が出てきただけですよね⁉」

「それなら、なぜ母上がお前の名を口にする必要がある⁉」

「むしろ名前が出ただけで恋人っていう方が無理ありますよね⁉」

　しかし同じ声量で言い返してから、シャルロットもはっとした。

（落ち着け、私。相手は子供よ。対して、私は一社会人……！　いや、店に寄ってくださってることもあるけどそこは伏せないと余計めんどくさくなるし……！）

　ならば、落ち着いて納得させるしかない。

　シャルロットがそう思いながら考えを巡らせていると、ギャレットは苦虫をかみつぶしたような表情を浮かべた。

「……兄上は私に魔術の稽古をつけてくださるはずだったんだ。それなのに……仕事ならともかく、お前がたぶらかしたせいで時間がなくなったとなれば納得いくわけがないのもわかるな⁉」

「ひとまず仰りたいことはわかりました。ですが、いったん落ち着いてください。まず、ギャレット様のお兄様は簡単に誑かされるような人物ではないでしょう？　だって、とても洞察力に優れている方ですよ？」

「あ、ああ……。兄上はとても周囲に気を配られている方だ」

「そうですよね？　ですから、私程度では到底誑かすのは不可能な方なんですよ」

シャルロットから言い切られたギャレットは不意を衝かれたようで、目を白黒させていた。

(これは行ける)

そう確信したシャルロットは勢いよく言葉を続けた。

フェリクスの素晴らしさを共に再確認すれば、きっと納得してくれる。

「けれど、今の勢いで納得しました。ギャレット様はお兄様のことが大好きなのですね」

「あ、ああ。兄上はとても凄い方だ。昔からなんでも上手にこなされ、剣でも魔術でも家庭教師を驚かしていたと聞いている。今も難しい任務に早くから同行されていると、父上のご友人がお話しされていて……」

まるで自分が褒められたかのように照れるギャレットに、兄弟仲が非常に良好なのだろうとシャルロットも嬉しくなった。

（ずいぶん失礼なことも言っていたけれど、あれはお兄ちゃん大好きっていう思いがちょっと勢い付き過ぎていたのね）

しかしそうしてシャルロットが微笑ましく見ているのに気づいたギャレットは急に目を見開き、

「今はそのようなことは関係ない！」と、語気を強めた。それはまるで猫のようだった。

（フェリクス様と初めてお会いしたときも猫のような印象を受けたけど、ギャレット様はまた別の猫みたい）

フェリクスが人懐こそうな猫だとしたら、ギャレットは下手に手を出したら引っかかれそうな警戒心の強い猫だ。

そんなことをシャルロットが思っている間にもギャレットは言葉を続けた。

「そもそも、兄上がたぶらかされてないとしてもこの店に兄上が訪れているのは本当だろう。なぜご多忙な兄上に迷惑をかける！　兄上はお忙しいのだぞ⁉」

「そちらは誤解ですよ。ここの出店はフェリクス様に勧めていただいた経緯もありますので、気を遣ってくださっています。実はギャレット様の従姉《いとこ》にあたるグレイシー様にも、たびたび訪ねていただいております」

「え……グ、グレイシー……だと……？　あの、細かいことにもうるさい勉強勉強と私に言ってくる、面倒くさいあのグレイシー嬢か？」

は思った。

「グレイシー様はとても素敵な方ですよ」

ギャレットは面倒くさいと言っているが、恐らく可愛がられているのではないかとシャルロット

「お前、目は大丈夫か？　あのグレイシー嬢だぞ」

「グレイシー様は本当によくしてくださいますよ」

「あれが……。いや、騙《だま》されない。いつか兄上が配偶者を迎える際には彼女のような性格をした者ではなく、清楚な深窓の令嬢を迎えていただきたいものだ」

そうして深く溜息をつくギャレットにシャルロットは愛想笑いを返した。

どうやらギャレットは大げさに言っているわけではなく、本当に苦手にしているらしい。

そしてそれよりも兄の配偶者のことまで考えているあたり、本当にフェリクスを尊敬しているのだろうとも思った。

「そうそう、ギャレット様。先程お母様が私のお名前を仰っていたということですけれど、それはきっとお茶会の打ち合わせに関してでしょう。私、お母様と王妃様のお茶会のご用意をさせていただくことになったのです。実はこのお店には貴族の方もお忍びでいらっしゃっているので、その関係で妃殿下のお耳にも届いたのかもしれません」

その言葉を聞いたギャレットは意外そうに目を瞬かせていたが、さすがに言い訳に王妃を使うとは思わなかったらしい。まだ少し疑問は残っているようだが「そうなのか……？」と、ほぼ納得し

ているようにも思えた。

（これで誤解は解けたけれど……ギャレット様もフェリクス様のことを心配しているからこそ、怒鳴りこんでこられたのよね）

実際のところお茶会のことよりも、そのほとんどがシャルロットの護身術の指導であったり、アクシデントの跡《あと》片付けの手続きや報告だったりでやってきているのだ。

（嘘じゃないけど、なんとなく申し訳ない気もするような……）

ただし一度収まったことを掘り返し、面倒なことを起こすつもりもない。

（それなら……ギャレット様に、フェリクス様を喜ばしていただこうかしら）

そうすればギャレットも嬉しいはずだし、シャルロットの罪悪感も薄まる。そう思いながらシャルロットはギャレットに笑いかけた。

「何を笑っているんだ」

「いいえ、とてもよいことを思いついたんです。ギャレット様、お仕事でお疲れのフェリクス様に、お兄様が好きなお菓子を作って差し上げませんか？」

「菓子を作る？　……待て、それ以前に兄上が菓子を好むのは知らない。甘いものを召し上がっている印象はないが……」

「それはなかなか機会がなかったからではないでしょうか？　甘いものは疲れにとても効いて、リフレッシュできるんですよ」

シャルロットは説明をしながらギャレットの様子を探った。

兄の嗜好《しこう》について知らない面があったことに驚いている様子だが、菓子を作ること自体に抵抗を見せないのは少し意外だった。

(これもお兄さんのためならば、ということかな?)

しかし、それはシャルロットにとって都合のいい誤算だ。

「きっとお兄様も、ギャレット様からいただいたものは喜ばれると思いますよ。初めて作ったお菓子がお兄様のお疲れを癒すのも、素敵ではありませんか」

「……そこまで言うのであれば、一度作ってみよう」

そう言ったギャレットに、シャルロットは心の中で強くこぶしを握った。

(よし、成功)

あれだけ怒りながら入ってきたギャレットなのだ。帰るにしても、ある程度折り合いがつかなければ引けないと思う。

「……じゃあ、今から二人でお菓子の用意をするの?」

それまでピザを食べながら面白そうに様子を窺っていたエレノアに確認されたので、シャルロットは頷いた。

「ええ」

「じゃあ、私はお茶をもらってから適当に帰ろうかな。フェリクスの弟とやらも、頑張って作るんだよ」

　そう言いながらエレノアは自分でお茶を淹れるために調理場へと向かった。その表情は『面白いものを見た』と楽しんでいるようだった。そして、それに幻獣たちも続いた。おそらくエレノアに飲み物を淹れてもらおうというところだろう。

　しかし少し茶々が入ったところでギャレットも大して気にはしないだろう。

　そう思いながらシャルロットが再度ギャレットに振り向くと、彼は目を丸くしていた。

「ギャレット様？　どうされました？」

「どうしたもこうしたも……あれは何だ⁉　人の形はしていたがこの世界の者ではないだろう⁉」

「ええ、エレノアは光の精霊で、私の友人です。よくおわかりですね」

　エレノアが精霊であることは、魔力があれば把握できるというものでもない。魔力が相応に高くなければ気づくことができないことだ。

　学院時代にシャルロットがあっという間に有名になったのは小さい姿のエレノアを最初に連れていたからで、もしその姿がなければほとんど気づかれることもなかったということだ。

　事実、魔力がある学院卒業生のアニーもエレノアが精霊だとは気づいていなかった。おそらく、アニーが卒業して十年は経つため、彼女はシャルロットのことを知らなかったのだろう。

　しかし、ギャレットはシャルロットの言葉に驚愕《きょうがく》した。

「精霊？　お前、召喚師なのか？」

「ええ。もしよろしければ、あとで一度お話しされると面白いと思いますよ」

シャルロットのこともあまり知らないようだったので、エレノアのこともフェリクスから聞いたことがなかったのだろう。

「実は今日、フェリクス様が帰りにこちらに寄られるとお聞きしています。そのときにお召し上がりいただけるように、準備しましょう」

「なら、急がねばならないな！　だが、何の用意をすればいいのだ」

「そうですね……。そういえばギャレット様は魔術の訓練をなさっていると仰っていましたよね？どのような魔術が得意でいらっしゃいますか？」

「難しいものは無理だが、低級の魔術ならば一応一通り使えるが……それが何か関係があるのか？」

「一通り！　でしたら、今の季節にぴったりの、とっておきのデザートをお教えいたします」

「おい、それでは説明が……」

「ええ。魔術がなくてももちろんお菓子は作れます。ですが、せっかくならお兄様と訓練されたことのある魔術でお菓子を作った方が、より印象に残るものになるかと思いまして」

「そ、そうだな。それで……何を作るんだ？」

「まずは練乳を作りましょう」

「れんにゅう……？」

「はい。牛乳と砂糖を煮詰めて作るソースです」

牛乳を煮詰める食べ物は、飛鳥時代の日本でも高級品の蘇《そ》があったように、昔から愛されている。

牛乳に砂糖を加えてかき混ぜ、手間暇込めて作った練乳は最高だ。

キャラメルのデザートが存在していることから、おそらく練乳はこの世界にも存在しているだろう。なにせ、練乳をもっと煮詰めたものがキャラメルになるのだ。キャラメルになる手前で止めてデザートに使うこともできてしまう。

ただしいずれにしても手間がかかるため、庶民の間で一般的なお菓子ではない。

(貴族のギャレット様なら食べたことがあるかもしれないけど……ソース単品で食べることなんてないから、名前を聞くこともないかもしれないわね)

そんなことを思いながら、シャルロットは保冷庫から牛乳を、戸棚から砂糖を取り出す。

そしてそれぞれをカップとはかりで計量し、鍋に入れた。

「じゃあ、ギャレット様。まずはこれを沸騰《ふっとう》するまでゆっくりと熱して、沸騰したら火加減を弱くし、ひたすら粘り気がでるまで混ぜてください」

「あ、ああ……？　火にかけろということか？」

「ええ。魔術で大丈夫ですよね？」

そう尋ねると、ギャレットは心得たとばかりに行動を開始した。

(これでしばらくはギャレット様への説明はないから、この間にフェリクス様の夕飯を用意してし

まおう）

フェリクスにもピザを用意することはできるが、今日は訓練があると聞いていたので、もっとがっつりした食事のほうがいいだろう。そう考えたシャルロットは、昨夜から仕込んで、今日の昼のランチにも出していたスペアリブをメインにと考えていた。スペアリブはフライパンで表面をしっかり焼いた豚肉をひたひたの水で灰汁《あく》を取りながらしばらく煮込んだ後、はちみつやセウユースの実、砂糖、酢、酒などの調味料を入れ、焦げないように注意しながらさらに一時間ほど煮込んだ。

しかしこれだけでは味が単調になってしまうので、葉物野菜にゆで卵とハムを添えたサラダやブイヨンを使って玉ねぎと芋で作ったスープをさっと仕上げる。ロールパンは常備しているので、食べる前に少し温めればそれで大丈夫なはずだ。

「……ずいぶん器用だな」

「そりゃ、一応これでも職人ですから」

「いや、職人としての技量はわからんが、魔力の使い方だ。卵を茹でながらスープを作っているとき、それぞれの火力が異なっていた。私が見る限り両方適温なようだが、普通そんな細かい温度の変え方など、熟練の魔術師にしかできない。ましてや召喚師が当たり前のようにやっていることに驚いた。幻獣の力をうまく引き出して自分の力として使うなど、宮廷召喚師でもできる者は半分もいない」

むしろシャルロットは褒められているらしい状況に驚いたのだが、それを言えばギャレットの気分を害するだろうと察し口を噤《つぐ》んだ。

しかしながら、そんな高度なことをしていた意識はない。

「仰っていること自体はよくわかりませんが、どうしてもお仕事に必要だから身についちゃったのかもしれないですね。それに光属性のエレノアの力を借りているし、ほかにも火に強いケルベロスとの契約もあるから、ほかの方より調整は楽なのかもしれませんね」

もちろん自然に火を使うこともできるが、自分の意識だけで温度が調整できる魔術のほうがシャルロットにとっては使いやすいと思うのだが。

しかし、それを聞いたギャレットが口を開いている。

「どうなさいましたか？」

「お前、複数の召喚契約を結んでいるのか？　もしや、先程いた幻獣たちは光の精霊のしもべではなく、お前の契約獣か……？」

「はい。私の魔力量はとても多いそうなので。ほかにもフェニックスとオオネコがいますよ。みんな、可愛いんです。……って、ギャレット様？　手というか、火が止まっていますよ？」

先程ぐつぐつとなり始めたとはいえ、火を止めてしまうとさすがに煮詰まらない。

それを指摘するとはっとしたらしく、慌てて再度火を調整していた。

「わ、忘れていたわけではないからな！　少し驚いただけだ！」

「ええ。大丈夫ですよ。多少の時間でしたら影響はありませんし」

何を驚いたのかはさておき、少しずつ完成しつつあったソースに影響がなくてよかったとシャルロットは胸をなでおろした。

「私、ギャレット様のお母様も召喚師でいらっしゃるとお聞きしています。もしかしたら今度のお茶会で、契約されている幻獣さんともお会いできるかもしれないと楽しみにしてるんです」

どんな幻獣かは知らないものの、二人の母親であればきっと素敵な幻獣と巡り会っているのだろうと思えば、シャルロットも期待してしまう。

「……お前、楽しみにしているのはそれだけなのか」

「それだけって、大事なことですよ。それに、簡単なことのように仰いますけれど、お仕事なので緊張もあるんですからね。どういうものだと喜んでいただけるのか。考えるのも大変なんですよ」

もちろんそれは楽しくもあるのだが、決して能天気なわけではないと主張すると、ギャレットは溜息をついた。

「……このような変人を兄上の恋人かもしれないと疑ったことが恥ずかしくなってきた」

「誤解が解けたのは喜ばしいですが、それ、どういう意味ですか」

「あまりに馬鹿正直で腹芸などしなさそうだと言っている」

言葉だけを聞けば、貶《けな》されているように感じる。

ただ、むしろ心配するような声色にも聞こえるのも気のせいではないと思う。

「お褒めいただき光栄です」

「……兄上がなぜお前のために出店に助力したのかわかった気がする。お前、放っておいたら簡単に騙されそうな気がする。寝覚めが悪い思いもすることだろう」

「失礼な。幸福になるツボとか売ってこられても買わないくらいには現実主義ですし、結構金銭にはシビアに生きていますよ」

金銭的なやりくりもずっと行ってきているし、しっかりできないと借金の返済も滞《とどこお》ってしまう。

しかしギャレットは溜息をついた。

「欲がないから騙されそうだと言っているんだ。うまみだけ持って逃げられても知らんぞ」

「欲がない？　それは気のせいだと思いますよ」

「そう思っているなら、なおさらだ。……ところで、これ、そろそろ粘り気が出てきた気がするんだが、どうだ」

ギャレットから見せられた鍋の中には、とろりとした練乳ができている。

「完璧ですね。では、ちょっと冷ましましょう。冷えてる方が美味しいので」

「わかった」

ギャレットは直接魔術で練乳から熱気を奪ったようだった。

ひんやりとした空気がなんとなく感じられる。

「それで。このソースをかける菓子とやらはどうやって作る」

「それはですね……これを使います。あ、この分量は試作分だけですけどね」

そうしてシャルロットが冷凍庫から取り出したのは凍らせた大量のイチゴだった。

「……イチゴを使う菓子なのか？」

「イチゴを使うっていうか……イチゴそのものの食べ方を変えるんです。これを薄くカットして丸ごとイチゴかき氷を作りますよ」

凍ったまま薄くスライスしたイチゴは甘みと酸味の両方を含んでいる。旬の時期はまるごとジューシーさを感じられる食べ方が特に好きだが、暑い時期に冷凍したものを食べるのも身体が冷やされて癒される。

しかしその仕上がりが想像できないからだろう、ギャレットは明らかに戸惑っている。

「じゃあ、ギャレット様。私がまず手本をお見せしますね」

シャルロットは一つの透明な深皿をとりだし、そこにイチゴを盛る。それから、風の魔術を行使しイチゴを勢いよくスライスした。一部はその勢いで宙に舞ったが、しっかりと皿のところへと落ちてきた。

シャルロットは出来上がったふんわりとした薄いイチゴの山をギャレットに差し出した。

「味見、してみてください。まずはそのままで、次に練乳をかけてみて」

「あ、ああ。珍しい見かけの菓子だな……？」

戸惑いながらも、次に自分が作ることになるものだからだろう、ギャレットはスプーンを持つとためらわずに口に運んだ。

「……これは……」

「お味はいかがですか？」

「美味い。イチゴ自体が美味いのもあるだろうが、今までにない食感だ。冷たく、すっきりとする。氷を食べるような硬さもないのに確かに氷で、口に入れるまでに崩れることもない。……こんな菓子があるのだな」

ただただ感心したらしいギャレットは、そのまま二口目、三口目と食べ進めた。

「ギャレット様。こちら、そのままお召し上がりいただいてもよいのですが、せっかくですからお作りいただいた練乳もかけてみてはいかがでしょうか」

「ああ、そういえばそうだな。これだけでも十分美味いが……」

「物は試しです。どうぞ」

シャルロットに勧められ、ギャレットは練乳をかけ、それから口に運んだ。

「確かに味がかなり変わるな。もともとの甘さもあるから好みもあるとは思うが、濃厚なミルクの風味は間違いなく合う。よりデザートを食しているというイメージになった」

「お気に召していただけたのなら何よりです」

「ああ。これであれば、兄上も喜んでくださるだろう」

「これは実はまだお店にも出していませんし、フェリクス様にもお出ししたことはありません。ですから、きっと喜んでくださいますよ」

「……そ、そうだ！　食べてばかりはおれん、私にも練習させてくれ」

そうしてギャレットは勢いよく皿を台の上に置いた。

その皿はすでに空になっていた。


それからギャレットによる練習作はマネキやクロガネ、そして琥珀のデザートとなった。

『イチゴはまるのまま凍った状態だと固くて食べられないので、ありがたい！』

『ああ。すっきりとする』

『この甘いソースがまたいいですね』

残念ながらエレノアはすでに帰ってしまっていたが、もしも食べたら喜んでいたことだろう。

ギャレットはその試作でどんどん腕前を上げていた。

（魔術の腕が凄いのね）

まだ小さいのにさすがだと思っていたが、そろそろフェリクスがやってきても不思議ではない時間となっている。

「どうします、ギャレット様。ここでフェリクス様へ御馳走されます？　その場合、たぶん先に夕食を召し上がると思いますので、お待ちいただくと時間がかかると思います」

「そうだな」

「ですから、よろしければ冷凍イチゴをお持ち帰りになりますか？　ギャレット様もここでお待ちになっては、お腹がすきますよね？」

ギャレット用の食事を用意することも考えたが、ギャレットがそれを受け入れるかどうかはわからない。そもそも自宅で食事も用意されているだろう。

そう思っての提案だったが、ギャレットは何とも言いがたい表情を浮かべていた。

「……どうかなさいましたか？」

「いや……なんでもない。だが……いや、そうだ、すまないが、一つ依頼をしてもかまわないか」

「え？　ええ、できることでしたら喜んで」

意外な言葉にシャルロットは驚いた。

だが、好感度が上がっているからこその遠慮がちな発言なのだから、今日の取り組みは無駄ではなかったのだと確信が持てて、嬉しいことでもある。

ただし、依頼については全く予想がつかないのだが。

「……金は払うので、先程用意していた食事を少し食べたい」

「え？　それはもちろん大丈夫です！　ですが、お時間は大丈夫ですか？」

「ああ。時間については特に何も言われない。用事については家から出るときに大事な用件だと伝えたので、問題はない」

そう言われてもそれで本当に問題がないのか、シャルロットには測りかねる。

しかしちらりと表を見れば従者が待っているようであるし、本当に問題ないのだろう。

「わかりました。もともと多めに用意しているので、安心してくださいね」

「助かる」

サラダならすぐに追加できるし、スープもお代わり分を見越して多めに用意しているので問題はない。スペアリブだって山盛りだ。

美味しそうだと思ってもらい、食べたいと言ってもらえることこそ喫茶店主冥利に尽きると、シャルロットは機嫌よく準備した。


フェリクスが来るまでギャレットが待つと決めたので、シャルロットはその直後に彼の従者にカスクートを差し入れした。厚切りベーコンをしっかり焼いたものにマスタードを塗ったシンプルなものだが、シンプルイズベストともいえる味わいだとシャルロットは思っている。それをお茶と一緒に渡したところ、とても感謝されたのでほっとした。

（ギャレット様が帰らないとなれば、あの人もご飯食べられないもんね）

軽食ではあるが、気を遣わずに外で食べられるもののほうがいいと思って選んだものを喜ばれたのは幸いだった。

そして、ギャレットに学院時代の話を聞かれているうちにドアベルが音を立てる。

「あ、いらっしゃいませ、フェリクス様」

「なあ、うちの従者を外で見たんだが……って、ギャレット？」

「お疲れ様です、兄上」

ギャレットがいることなど想像していなかっただろうフェリクスは目を見開いていた。

（ここでさらに兄の恋人疑惑で来たなんて知ったら驚くんだろうなぁ……）

ただ、それはシャルロットも自身の平穏《へいおん》のために言う気はない。

「どうしてここに居るんだ？」

「まあまあ、フェリクス様。そんなことよりもお食事はまだですよね？　今日はいいスペアリブを用意したんです。ギャレット様にも美味しく召し上がっていただいているところですので、一緒に召し上がりませんか？」

あまり突っ込まれたくないだろうギャレットの気持ちを想像しながら、シャルロットは返事を聞く前に席を立った。サラダはすでに保冷庫で保管しているし、スペアリブもまだ適度に温かいので問題ない。スープを軽く温めなおしてパンも少し焼いた。

（これでよし、っと）

ギャレット自身もその行動について問われたくないだろうが、シャルロットとしても嘘は言っていないものの誤魔化す部分は誤魔化しているので、ある程度ギャレットに口裏を合わせてもらう必要がある。

とはいえ打ち合わせができることでもないので、シャルロットとしては変に矛盾が生まれないことを祈るばかりだ。

「はい、お待ちどおさまです」

そんなことを考えながら食事を出せば、フェリクスは笑った。

「今日は一段と美味そうだな。ギャレットが食べてるのを見てたら、余計に腹が減ったよ」

「それはよかったです、訓練の帰りだとお聞きしていたので、これを用意したんですよ。それから、今日はとても素敵なデザートがありますから楽しみにしておいてくださいね。たぶん、フェリクス様が見たことがないものです」

「へえ、それは楽しみだな」

そんな会話をしながら、シャルロットはちらりとギャレットを見た。

ギャレットは少し緊張したのかやや動きが硬くなった気がしたが、すでに練習と試食を終えてある程度自信ができたのだろう。あからさまに不審な動きなどは見られなかった。

「ギャレットも楽しみにしてるといいよ。シャルロットの料理はとても面白くて美味い。茶も、疲れが取れる不思議なものを多くそろえている」

まさかデザートを用意するのがギャレットだとは思っていないフェリクスがそう言うと、ギャレットは首を傾げた。

「料理については気づいたつもりですが……この者は茶葉にも精通しているのですか？」

「ああ。幼い頃から自作の茶葉を作って売っていたというくらいだよ。どちらかというとそちらが本業なんじゃないか。もっとも、どちらも素晴らしい腕の持ち主だが」

そんなふうに褒められるのは嬉しいのだが、直接言われるのではなく、第三者に向かって褒めているのを聞くというのは思った以上に気恥ずかしいものなんだなと思ってしまった。

しかしそう思いながらギャレットのほうを見やれば、なぜかギャレットからは睨《にら》まれているような気がしてしまった。

（怒っているというよりは、不満……かな？）

もしかして、お茶の話は聞いていないということだろうかと思いながら、ギャレットがデザートを用意した際には自分もお茶を用意して楽しんでもらおうとのんびり思った。


それからフェリクスとギャレットがお代わりするのを含めほどほどの時間を経て、デザートの準備の時間がやってきた。

「じゃあ、お茶を淹れてきますね。ギャレット様も行きましょうか」

「ギャレットが茶を淹れてくれるのか？」

シャルロットが誘ったことに驚いたフェリクスに尋ねられると、ギャレットは少し息を呑んだ後、嬉しそうに笑った。

「違います。私が兄上のデザートを用意させていただくんです」

「デザートを、ギャレットが……？」

「フェリクス様、ギャレット様はお兄様に喜んでいただこうと頑張って下準備や練習をされたんですよ。期待していてくださいね？」

驚くフェリクスを残し、シャルロットはギャレットとともに調理場へと向かった。

そして手洗いののち、まずかき氷用の皿を用意した。

用意するときに皿の熱はあらかじめ奪い、イチゴがすぐ溶けないようにするのも忘れない。

「はい、ギャレット様。お皿とイチゴです」

「二枚？」

「ええ。フェリクス様と一緒にギャレット様も召し上がるでしょう？」

「一枚足りない」

「え？」

「お前の分がないだろう」

想定外の言葉にシャルロットが目を瞬かせると、ギャレットは「だから！」と言葉を続けた。

「兄上に召し上がっていただくのに、考案者のお前が試食しないでどうするんだ。私のものがうまくできているかどうか、お前は一度も食べてないだろう」

しかしその早口の主張は、どこか照れているようでもある。

(もしかして、お礼のつもりなのかな?)

もしそうであれば、シャルロットに断る理由はない。

「では、遠慮なく。ありがとうございます」

余計なことを言うべきではないと、シャルロットは素直に一枚皿を追加した。ギャレットの表情はあからさまにほっとしていたので、やはりこれが正解だったのかとシャルロットは思った。

「そうだ、お前はどういう茶葉を選ぶんだ?」

「そうですね。今日はあくまでギャレット様の作るデザートが主役なので、癖が少ないお茶にしようかなと思っていますよ。一度口の中をリセットして、また美味しくイチゴが食べられるような、そんなお茶です」

「……助かる」

シャルロットはイチゴを容器に盛り始めたギャレットを見て、ずいぶん素直な反応だな、と思ってしまった。恐らく出会いが誤解から始まっていなければ、最初からこちらの対応だったのかもしれないとは思うものの、意外な一面を最初から知れたと捉えれば、今後の付き合いを考えるうえではよかったとも思ってしまう。

(この様子だと、うちのメニューをお気に召したみたいだし。フェリクス様のことを抜きにしても、またお越しくださることもあるでしょう)

それに、久々に故郷の弟妹《きょうだい》たちが近くにいるようで、なんだか楽しいと思うのも事実だ。

そんなことを考えながら、シャルロットのお茶の準備も整った。

そしてシャルロットが茶器とポットを、ギャレットが自身が作った丸ごとイチゴのかき氷と練乳をそれぞれトレイに載せて、再びフェリクスたちの元へと戻った。

「お待たせしました。さ、ギャレット様」

「兄上、こちら、心ばかりの品ですが、これでお疲れをとっていただけるととても嬉しいです」

そうしてギャレットは丸ごとイチゴのかき氷をフェリクスの前に置いた。

「これはシャルロットが得意にしているかき氷……ではないな？　これはどういう食べ物なんだ？」

不思議そうにするフェリクスを見て、ギャレットは少し嬉しそうだった。

本当に初めて見る食べ物なのだと、改めて感じたからかもしれない。

「いえ、こちら『かき氷』という種類のものだと聞いています。ただし氷といっても、実際には凍らせたイチゴをとても薄くスライスしたもののみ使用しております。一緒に練乳を添えているので、かけなくても美味しいんですが、かけると味が変わり、これもまた美味しいのです」

「へえ、レンニュウというソースなんだな？　これももしかして、ギャレットが作ってくれたのか？」

「はい」

その返事は自信満々だった。

シャルロットは可愛いと思ってしまったが、それはどうやらフェリクスも同じだったらしい。目があえば『可愛いだろ？』という心の声すら聞こえてきてしまった。

「じゃあ、遠慮なくいただくことにするよ」

「どうぞ」

フェリクスはまず、練乳をかけずにそのまま食べるようだった。

ここにきて、ギャレットも少し緊張してきたらしい。その緊張が自分に移ってくるような気がしてシャルロットも落ち着かない。そのせいでギャレットと同じように、思わずフェリクスがスプーンを口に運ぶのを凝視してしまった。

「……これは、美味い。すっきりしていて、冷たくて、頭がさえる感じもする。でも、冷たすぎずに落ち着く感じだ」

「お口にあったようで、本当に嬉しいです」

「こんな美味しいものを上手に作るなんて、ギャレットは本当にすごいな。ありがとう、本当に驚かされたよ」

「いえ、私は兄上のお役に立てたことが嬉しいです」

「そう言ってくれるなら、今度、一緒に訓練をした後にまた作ってくれるか？」

「ええ！　もちろんです！」

二人のやり取りを見たシャルロットは仲のいい兄弟というのは本当に素晴らしいなと思ってしまった。

（これでご一緒に訓練なさるお約束もできたみたいだし。ギャレット様、よかったですね）

心の中でシャルロットはそう思いながら、自分のために用意された分をスプーンですくい、口に運んだ。

削り方などだけでいえば、今日だけではなく何度も練習しているシャルロットのほうが上手に仕上げることはできるかもしれない。けれど自分で自分のために作ったものよりも、ギャレットに感謝の気持ちを込めて作ってもらったものの方が美味しい気がした。

「ギャレット様、美味しいですよ」

練乳もかけながらそう言えば、ギャレットは意外にも眉間に皺《しわ》を寄せてシャルロットを見た。

（フェリクス様の言葉には嬉しそうになさっていたのに……どうして私にはその表情なの⁉）

徐々に仲良くなったと思っていたのは気のせいだったのだろうか。

それとも、兄からの言葉なら嬉しいものでもシャルロットからではダメということなのだろうか。

悪い意味での想定外の反応にシャルロットは焦ったが、ギャレットの言葉はさらに想定外のものだった。

「今はまだ到底勝てそうにないが、そのうち一品だけでも私のほうが得意とする料理を見せつけるから、覚悟しておけ」

それは、どう考えても宣戦布告であった。

（今はまだ……ということは、ギャレット様は私が作ったかき氷のほうが美味しいって思われているのよね？　私としては、作ってもらった方が美味しいんだけど……）

けれど、それは伏せておいた。

「受けて立ちましょう。楽しみにしております」

そう返答すれば、ギャレットも満足そうに笑った。

ただ、その場でフェリクスのみ『いつの間に仲良くなったんだ？』と、心底不思議そうであったのだが。


そしてデザートまで食べ終えて二人が侯爵邸へと帰るときがやってきた。

さすがにギャレットをあまり長居させることができないからだろう、今日の護身術の稽古は相談するまでもなくまた後日となった。

シャルロットが二人を見送るために店を出ると、マネキたちも二階から下りてきた。

そしてギャレットを囲み、それぞれ礼を口にする。

言葉は通じていないものの想いは伝わっているらしく、ギャレットは照れていた。

その間、シャルロットとフェリクスは少し離れた場所で待つ間、少しだけ話をした。

「今日はいつにも増して面倒をかけたな」

「いえ、可愛い弟さんがいらっしゃったことに驚きましたよ」

「慕ってくれるから、がっかりさせないために理想の兄でいるのも大変なんだ」

「ギャレット様でしたら、どんなお兄様でもお好きそうですけれど……」

それでもプレッシャーがあるのかと首を傾げれば、フェリクスは苦笑した。

「見栄というものがあるんだよ。それにギャレットは目標が高い方が、いろいろと伸びるタイプみたいだから」

「あらあら。では、フェリクス様が頑張るしか解決方法がありませんね」

「そういうことだ」

冗談めかして返答すれば、フェリクスも肩をすくめた。

そこまで話したとき、ギャレットがゆっくりと近づいてきた。

「兄上、もう少しお話があるようでしたら、私は先に帰らせていただきますね」

従者もいるので問題ないとの認識で言ったのだろうが、そこで『わかった』というようなフェリクスではない。

「いや、私も一緒に帰るとするよ。またよろしく頼む。特に母上のお茶会のことは、面倒をかける」

「大丈夫です。驚きをお届けいたしますので」

「じゃあ、帰ろうか、ギャレット。……ギャレット?」

不思議そうにフェリクスが問いかけたのは、ギャレットがあまりにじっとシャルロットを見ていたからだろう。しかも、その表情は険しい。

「……フェリクス様、少しギャレット様と二人でお話ししてもよろしいでしょうか？」

「ああ。じゃあ俺は外した方がいいかな」

「いえ、兄上。別にすぐ終わりますので」

フェリクスが少し離れようとしたところを止めたギャレットは、そのままシャルロットのほうを再び向いた。

「……お前は別に私の理想ではないが……まあ、嫁に行き遅れたら私の嫁にもらってやってもいいと思うくらいには、好ましいと思う」

「お前、何失礼なことを言っているんだ⁉」

フェリクスは明らかに狼狽《うろた》えていた。

シャルロットだって仮に兄弟がこんなことを友人の女性に言えば驚くことだろう。

けれど、シャルロットは思わず笑ってしまった。

言葉だけ聞けば色々な意味で失礼なことこの上ないプロポーズだが、これは決してプロポーズではない。

兄の嫁にふさわしくないと怒鳴り込んできたギャレットが、その認識が改まった……というようなものなのだろう。

「いいんですよ、フェリクス様。こういう軽口を叩けるくらい仲良くなったということです」

「いや、それでもダメだろ」

「そうですねぇ……。私は気にしませんが、ギャレット様の理想の深窓の令嬢が現れた場合、そのように仰るとびっくりされるかもしれません。ですから、今後は注意してくださいね」

フェリクスに合わせる形でシャルロットが答えれば、ギャレットも肩をすくめた。

「では、ごきげんよう。おやすみなさいませ」

「ああ。またな。行こう、ギャレット」

「はい」

そうしてシャルロットは二人を見送った。

その遠ざかっていく背中を見ながら、やはり仲の良い兄弟というのはいいものだな、と再度思いを抱き、店に入った。

「ひとまずフェリクス様のご兄弟の口にも合ったということだし……次は、お母様ね。頑張らないと！」

そう気合を入れなおし、まずは夕飯の後片付けをすることにした。

第四話　驚きを味わう内緒のお茶会

Welcome to the healing Mofu Cafe!

それから、約半月後。

ついに、お茶会の日がやってきた。

午前中に用意を済ませたシャルロットは、忘れ物がないか最終チェックを行っていた。

（さすがに緊張するなぁ）

街から見えているので王宮の建物は見慣れているとはいえ、足を踏み入れたことは一度もない。いや、宮廷召喚師の受験ができていれば敷地に入るはずだったのだが……そういう意味ではなく、呼ばれて向かうというのがどことなく落ち着かない。

「お茶菓子も、お茶も用意はできてる。うん、忘れ物もないし……あとは何とかなると思うしかないかな」

気温がそれなりに高くなりつつあるので、常に魔力を用いて保冷しながら持っていく必要はあるなと考えながら、シャルロットは確認を行っていた。

城まではフェリクスの母が迎えに来てくれることになっている。

その申し出は日程を決めている最中に受けた。

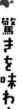

（さすがはフェリクス様のお母様というか……日程調整も、すごく柔軟に対応してくださってありがたい限りだわ）

城に向かう服装は、いつもの仕事着を選んだ。

最初は少し迷ったが、今日は喫茶店主として呼ばれるので、これが正装になるだろう。

一応事前に確認もとったが、問題ない旨の返答は得ている。

『主君、どうやら馬車が到着したようです』

「ええ、すぐ行くね」

窓から外を覗いていたクロガネから報告を受け、シャルロットは荷物を持って外へ出た。

すると、ちょうど馬車から女性が降りてくるところだった。

女性とはすぐに目が合い、シャルロットは一礼してから近づいた。

するとあちらからシャルロットに声がかかる。

「初めまして、シャルロットさん。私はフレヤ・ランドルフ。フェリクスがいつもお世話になっているうえ、先日はギャレットまでお世話になったそうで。腕白《わんぱく》な子でごめんなさいね」

「初めまして、シャルロット・アリスと申します。こちらこそ、いつもお世話になっております」

そうして挨拶をしながらも、シャルロットはフレヤの服装が少し意外だと思ってしまった。

フレヤはドレスではなかった。どちらかといえば宮廷魔術師であるグレイシーの服装に近いことから、恐らく宮廷召喚師の制服ではないかと想像できる。

（なんていうか、さすがフェリクス様のお母様という雰囲気だわ。とても穏やかそう。それからギャレット様のこともきっと温かく見守っていらっしゃるのね）

しかしほんの私的な茶会だと言っていても、貴族のお茶会ならばドレスだろうとシャルロットは思っていた。少なくとも制服というのは珍しいはずだ。

しかし、その視線にフレヤもすぐに気が付いたようだった。

「この服はね、誤魔化すためなの」

「誤魔化す、ですか？」

「ええ。だって、お城にはいろいろな方がいらっしゃいますからね。王妃様とのお茶会なら呼んでほしかったのに！　と仰る方もいらっしゃるので、お仕事の体《てい》でお城の中をうろうろするの」

その回答にシャルロットは妙に納得してしまった。

（井戸端会議の延長って仰っていたのは、こういうところもあるのかな？）

しかし制服でのお茶会を問題ないとするなら、王妃もかなり融通が利く人物なのだと理解した。

そもそもシャルロットを呼ぶという時点で、すでにその気配はあったのだが。

「さ、参りましょう。お荷物、重そうだけれど大丈夫？」

「はい、大丈夫です。よろしくお願いいたします」

それから馬車に乗った後、ふとフレヤが難しい顔をしていることに気が付いた。

それはどことなく、先日のギャレットの表情にも似ている。

「どうかなさいましたでしょうか？」

「いえ……本当は馬車でもたくさんお話ししたいんだけれど……たくさん話してしまうと、お茶会のときに同じことを王妃様がお聞きされるかもしれないでしょう？　被ってしまうと、二度手間になっちゃうかもしれないわよね」

そうなってしまうと手間をかけるだけだわ、といった具合で悩ましげだった。

その気遣いにシャルロットは笑みが零《こぼ》れそうになるのを必死に堪《こら》えた。

事前に予想はしていたものの、どうやらフレヤは本当に純粋ないい人であるらしい。


結局、馬車の中では比較的あたりさわりのない話題が続けられた。

たとえば学生時代のフェリクスはちゃんとしていたのか、グレイシーとはいつ仲良くなったのかなどといった質問だった。幻獣についても出かかったが『ああ、これはお茶会のときにお聞きしないといけないわね』と、中断された。

（たぶん……緊張しないようにたくさんお話ししてくださってる気がする）

何より可愛い人だなと思っているうちに緊張がほぐれ、あっという間に城に到着してしまった。

シャルロットの格好は城ではやはり少々目立つようだったが、制服姿のフレヤが一緒にいることで『召喚師が何か計画しているのか？』とちらほら聞こえてくる程度で不審がられるようなことはなかった。ただ、同時に『召喚師ってやっぱりよくわからないな』といったような声も聞こえないわけではなかったが。

そのままずっと進んでいくと、重厚な扉のある部屋に到着する。

扉の前には侍女が待機している。

「ご苦労様。お約束をしているのだけれど、入って問題ないかしら？」

「はい、お伺いしております。そちらの方は……？」

「大丈夫よ、イザベラ様からは許可をいただいていますから」

「でしたら、どうぞ」

そして案内された王妃の私室は、とても上品な部屋だった。

あまりきょろきょろと見回すのも失礼かと思ったものの、骨董品のようなものも多い、どっしりとした重厚な部屋だということはよくわかる。

そして……その部屋の主である王妃は凛《りん》としていて、なおかつ魔術師の格好をしていた。

フレヤと同年代で、快活そうな表情を浮かべている。

「いらっしゃい、フレヤ。それから、あなたがシャルロットね。楽しみにしていたわ」

「お待たせしました、イザベラ様」

「お、お初にお目にかかります」

「ああ、シャルロットもそんなにかしこまらなくてよろしくてよ。お茶会と言っても、この通り気楽なものだもの。フレヤが召喚師の格好で来るっていうから、合わせてるの。似合うかしら？」

「ええ、とても凛々《りり》しく思います。まさか王妃様がそのような姿でお待ちくださっているとは、思っておりませんでした。とても貴重なお姿を拝見できて光栄です」

「あら、嬉しい言葉をありがとう。お茶会だなんて侍女に言ったら大変なことになるわ。毒見だどうのこうの、となれば楽しみが減ってしまうじゃない。私はフレヤよりも先に食べたいのに、毒見に先を越されるなんて我慢できないわ。でも……魔術師の制服を着てみると、私も久々にドラゴンでも狩りに行きたい気分になるのは想定外だったわね」

どうやら王妃はかつて王宮魔術師として活躍していたらしい。

そして自前のものだったらしい衣装で迎えてくれたあたり、気配りのできる性格でもありそうだ。

「では、噂の喫茶店主さん。よろしくね」

「はい、では、さっそくご用意させていただきますね。ドラゴン退治よりも楽しい時間になるよう、私も誠心誠意努めさせていただきます」

そうして二人が席に着いたので、シャルロットは準備に取り掛かろうとした。

「ああ、お湯の準備が必要ね」

「いえ、大丈夫です。本日お湯は使いませんので」

「お茶なのに、お湯を使わないの？」

驚く表情を見て、シャルロットはにこりと笑った。

「はい。本日ご用意させていただいたのは、氷出しの緑茶でございます。茶葉は私の出身地であるレヴィ村で生産しております」

そう言いながら、シャルロットは持ってきたバスケットの中から緑茶入りのウォーターピッチャーを取り出した。

まずはウォーターピッチャーに茶葉を入れ、氷を入れる。あとは時間をかけてゆっくりと抽出《ちゅうしゅつ》するので、時間はかかるが濃厚で旨味《うまみ》があるお茶に仕上がる。

（さすがにお店で出すには時間がかかるから難しいけど、せっかくの機会だし）

それに、今の季節はそれなりに暑い。

さすが王妃の部屋というべきか、この部屋自体は不快に思うような暑さではないにせよ、身体はほてりがちだ。

だからシャルロットが出せる今一番のお茶となれば、これだろう。

「氷でお茶を淹れるとは、面白い発想ね。考えたこともなかったわ」

シャルロットが出したお茶を見たイザベラは楽しそうに言う。

「緑色のお茶があるとは聞いていたけれど、氷で出すお茶は初めて聞くわ」

「こちら、通常お店では提供させていただいておりませんので。とても美味しい淹れ方なのですが、どうしても時間がかかってしまうので」

「なるほど。では、その極上の味を満喫させていただきましょう」

そう言ったイザベラはカップを手に取った。

「香りもいいわ。珍しい香り」

「お気に召していただけたのでしたら、嬉しいです」

「その言葉はまだ早いわ。まだ飲んでないもの。では、味の評価も一致するかどうか、試させていただきましょう」

そうして、口に含んだ。

「……これは、とても甘いわ。芳醇《ほうじゅん》という言葉がよく似合う。これは本当に茶葉だけで出している味なの？」

「あら、イザベラ様の純粋に驚く表情なんて、何年ぶりかしら？」

「貴女《あなた》も飲んでみればわかるわ。フレヤ、今までに飲んだことがない味わいよ」

「では、遠慮なく」

そうして、フレヤもカップを手にした。

「イザベラ様の仰る通り。息子から聞いていたけれど、想像を超えていたわ。もっと凄さを説明してもらえなかったことを恨めしく思うくらい」

ふんわりと笑いながらフレヤが言うので、シャルロットも恐縮してしまう。

ただ、これは嬉しい言葉だ。なにせ、王妃からの言葉である。

（レヴィ村のみんなも、きっと喜ぶ！）

報告をすれば、一体どんな反応をするだろうか？　もしかしたら腰を抜かしてしまう者も出てくるかもしれないし、お祭り騒ぎになる可能性だってある。それくらい、喜ばしいことだ。

「普段からお茶に親しまれている方からのお言葉は、やはり励みになります。ありがとうございます」

「御礼はこちらが言うべきことね。でも、まさか一番最初からこんなものを出してくれるとは。次はどんなもので驚かせてくれるのかしら？」

「次はお菓子です。お菓子も、すぐ盛り付けさせていただきますね。二皿、ご用意させていただきます」

シャルロットはさっそく準備に取り掛かる。

今日の茶菓子についてはさんざん迷った結果、一皿目にレヴィ茶のミルクレープを用意した。

クレープはフランス発祥の菓子だと言われているが、ミルクレープは日本で生まれたと言われている。何重にも重ねたクレープ生地の間にはカスタードクリームを塗り、スライスした桃のコンポートを挟んでいる。黒い皿の上に載せた後、ステンシルシートを利用して皿とケーキの上に抹茶を入れた粉砂糖で肉球の形を描いた。

これでアリス喫茶店らしさも演出できる。

「こちらのお菓子は、お店で出させていただいているクレープというお菓子を、ケーキ風にアレンジさせていただいた、レヴィ茶のミルクレープとなります」

そしてケーキを見た二人は目を丸くしていた。

「まぁ、珍しい。幾層にもなっているお菓子なのね」

そう言ったイザベラはさっそくフォークを手に取った。

「フォークが入る感覚が面白いわ。ぷつぷつとしている。では、いただきます」

そうして口に入れた途端、目を瞬かせる。やがて嚥下《えんげ》したのち、シャルロットに笑顔を向けた。

「口の中でほどけていく感じも初めて味わうわ。でも、こんなにたくさんの層になっているなんて……とても手が込んでいるわね？　この桃も、とても丁寧に準備されたものだわ。緑茶にもとても合うけれど、これは紅茶にも合いそうな美味しさね」

「お褒めの言葉、ありがとうございます」

そうシャルロットが返している横で、今度はフレヤがフォークを動かす。

「この柄も、なかなか楽しいですね。獣の肉球……ただそれだけのはずが、非常に愛らしいと感じてしまいます」

「それは私も思ったわ。パウダーで描かれているからか、やや儚《はかな》げなところも可愛さをより増幅させているような気がするわ」

二人の顔がどんどん楽しそうになっていくうえに、口数も増えている。同時にケーキはどんどん減っていく。

（よし、楽しんでくださっている）

そのことを確認しながら、シャルロットは二皿目を準備する。

「ねえ、こちらお代わりもあるかしら？」

「はい。ですが、二皿目もお召し上がりいただいてからお代わりの都合を考えていただくのもよろしいかと思うのですが、いかがでしょうか？」

「それも名案ね。では、二皿目もお願いできるかしら？」

「かしこまりました。二皿目にもケーキがあるのですが、こちらは切るところから見ていただきたいと思います」

そしてシャルロットはバスケットの中からホールケーキとナイフを取り出した。

ケーキはチョコレートでコーティングしているのみで、イザベラたちは不思議そうに見る。

そんな中、シャルロットは緊張しながらもケーキにナイフを入れた。

しかしシャルロットが約六分の一を切り、ケーキサーバーで皿に取り分けたところで二人から歓声が上がった。

「これは素敵！　断面がまるで石畳のようだわ！」

「ええ。なんて可愛らしいケーキなのかしら！」

「ご覧いただきまして、ありがとうございます。こちら、王妃様がおっしゃったとおり、石畳のケーキでございます」

前世では『サンセバスチャン』と呼ばれていたこのケーキは断面がチェック柄の可愛らしい模様

になっている。仕組みは簡単で、まずは二色のスポンジを作り、次にそのスポンジをそれぞれ四つの円にくりぬき、互い違いに組み合わせる。そして組み合わせたそれらを交互に重ね、ガナッシュを塗れば完成だ。

（たしかスペインのサンセバスチャンという都市に魅《み》せられたフランス人が、その美しい石畳を思いながら作ったと言われるケーキなのよね）

本当はこちらもお茶を使ったケーキにしようかと迷ったが、味がどれも似てしまっては面白みにかけるのではないかとシャルロットはあえてチョコレートで作った。

「お店ではイチゴ味のものや、お茶の味のものも用意させていただく予定です」

「予定？　ということは、私たちはこれを体験できる初めての客となるのかしら？」

「はい」

「まあ、それは素敵！」

喜ばれているうちにシャルロットはケーキをそれぞれの皿に載せ、市松模様のクッキーとスティック状にした海老煎餅《せんべい》も盛り合わせた。

「四角という見慣れた柄も、こんなに美しくなるのね。このクッキーも美しいわ」

「こちらのクッキーは、先程の緑茶の色と同じね？　緑茶のクッキーなのかしら？」

「色は似ていますが、こちらは抹茶というものを使用しております」

「まぁ！　では、さっそくいただこうかしら。行儀が悪いのはわかっていますが、ケーキとクッキーどちらからいただこうかと迷ってしまうわ」

とても上品に言っているのでまったく行儀が悪いなどとは思わないのだが、フレヤにそう言われてシャルロットは嬉しくなる。

その横で今度はイザベラが首を傾げていた。

「本当に素晴らしいものをたくさん見せてもらっているけれど、この小枝のようなお菓子は味がまったく想像できないわね。見たことがない。これはどういうお菓子かしら？」

「そちらは煎餅という菓子の一種です。今回は乾燥させた小海老を使っていまして、少し塩気が強いので緑茶によく合いますし、ほかの菓子とは少し味が異なるのでアクセントになるかと思います」

海老煎餅は砕いた乾燥小海老と小麦粉と膨らし粉を混ぜ、まずは水と油を入れて一塊《かたまり》にする。

その後は小枝の形になるように一つ一つ丸めた後、カリッとするまで油で揚げた。

「揚げ菓子なのね。でも、これはフォークでさすには少し不便そうね」

「よろしければ直接手で召し上がっていただければ幸いです。フィンガーフードの一種ですので」

そう言いながらシャルロットはトレイに載せたおしぼりを二人の横にそれぞれ置いた。

「なるほど。では、せっかくですからこちらからいただきましょう」

そう言ったイザベラは海老煎餅を手に取った。

口に運ばれたそれは、直後にカリッといい音を立てた。イザベラはそれからゆっくり味を確かめるように口を動かす。

「……なるほど。実に斬新な味だわ」

「お口に合いましたでしょうか」

「もちろん。あまり塩気の多い菓子というものは食べたことなかったけれど、癖になる味だわ。気を抜いたら延々と食べてしまうような、不思議な魅力がある味なの。アクセントにもなるし、これとケーキを交互に食べたなら、ケーキもワンホール食べてしまえそう」

「まぁ！　では、私もいただきましょう」

その発言をするや否《いな》や、フレヤも煎餅を口に運んだ。そして目を丸くする。

「イザベラ様のおっしゃっていたことがよくわかります。こちら、とても不思議なお菓子ですね。お菓子だけではなくおつまみとしても、とてもお酒に合う気がいたします」

「なるほど……確かにそうね。でも、どういうお酒が合うかしら？　シャルロット、あなたはどう思う？」

そう尋ねられたシャルロットは、バスケットから別のドリンクピッチャーを取り出した。

「実は、事前にお二人がお酒も好まれるとお聞きしていましたので、お勧めのお酒も用意させていただいております。こちらもそれに合うのではと思うのですが」

「これは白ワイン……かしら？　たくさん果物が入っているけれど……」

「はい。こちら、白ワインを使用したサングリアという飲み物をお持ちいたしました。デザート感覚でお飲みいただけると思います」

シャルロットが用意した白ワインのサングリアは、三日前にミルクレープにも使った桃のコンポートやグレープフルーツ、レモン、それからアニー経由で入手したパイナップルを入れて寝かしておいたものだ。

「面白い飲み物ね」

「もちろん中のフルーツも召し上がっていただけます」

「まぁ。ありがとう」

その言葉を聞き、シャルロットはロックグラスにサングリアを注いだ。

「このグラスは、フルーツの食べやすさを考慮して、かしら？」

「はい」

シャルロットが二人のもとへグラスを置くと、もう説明は求められなかった。

味を見て判断するということなのだろう。まずはイザベラが、続いてフレヤがグラスに口をつける。

「……これは、とても爽《さわ》やかだわ！　そうね、もともとワインもフルーツから作られているのだもの、こういう飲み方も合うはずね……盲点だったわ」

「ええ。果実水をいただいているようで、けれど風味があってとてもいいかと思います」

「ねえ、シャルロット。その残りのものは置いていってくれるのよね？」

「はい。もともと、お出しする機会がなければ最後に献上させていただこうかと思っておりました」

そう、サングリアは最初はこのお茶会で出す機会があるとは思っていなかったので、お土産になればいいという思いで用意していた。だから当然、置いて帰るつもりでいた。

「海老煎餅も、余裕を持ってご用意しております。よろしければ、こちらも一緒にお納めくださ い」

シャルロットがそう言えば、イザベラは満足そうに笑った。

「ただ、今日はもう一つお試しいただきたい飲み物があるのですが……少し飲み物が多くなってしまいますよね」

ならば、今日は持って帰ろう。

そうシャルロットは思ったが、すぐにそれは静止された。

「気になさらなくて大丈夫ですよ、シャルロットさん」

「けれど……」

「少なくとも、私はまだ次にどのようなものを披露していただけるのかと楽しみにしております。今日はコルセットも着けておりませんし、平気ですよ」

「そうよ。むしろ、まだ何かがあると知らされたのに、なかったことにされた方が気になってしまうじゃない」

イザベラにも強く同意され、シャルロットは驚きはしたものの、これで出さないわけにはいかなくなった。

「実は、こちらは店頭でもお出しさせていただいているメニューの、フローズンドリンクです。本日は雪解けイチゴのヨーグルトスムージーをご用意させていただきました」

「こちらも冷たい飲み物なのね。この時期だと人気が高そうね」

「お陰様で評判は上々でございます。ただ、店頭とは少し違った飲み方をお試しいただければと思っております」

「『違った飲み方？』」

イザベラとフレヤの声は重なった。

それに、シャルロットは頷いた。

「はい。今まで、私は飲み物を提供させていただくとき、グラスに注いでお出ししておりました」

「え、ええ。それは、そういうものではないかしら？」

何を言っているのかという具合に、イザベラは戸惑っている。

確かに冷たい飲み物を出すときに、グラスに注ぐ以外に方法はない。

だが、ただそれだけでは足りないのだ。

「私も、今までは特に問題ないと思っておりました。しかし、最近お忍びで貴族のご令嬢が来店してくださるようになり、気づいたのです。店頭で、スムージーはそれなりに高さのあるグラスでお出しさせていただくのですが、ご令嬢がグラスを大きく傾けて飲むことは、難儀だということです。さらに、口紅も落ちてしまいます」

「そのグラスを拝見しても？」

「はい、こちらです」

そうしてシャルロットが出した見本のグラスは、普通のものより少しだけ大きいグラスだった。

正直シャルロットとしてはそれほど大きいグラスだと思わないので、このグラスは店頭ではスモールサイズとして扱っている。

ただし、それでもご令嬢が人前で持ち上げて飲むには抵抗があっても不思議ではない。なにせ、優雅さはまったくなくなる。

事実、目の前の二人も少し悩んでいる様子だ。

「ですので、グラスを傾けずに飲めるものを、お付けしようと思っているのです」

「それは、どういうものなのかしら？」

「ストローという、飲料専用の食器でございます」

そうしてシャルロットが取り出したのは、シャルロットの魔力で作り出したストローだった。

フローズンドリンクに対応するように、少し太目に仕上げている。

「このストローをこちらに刺し、吸い込んでいただくと、グラスを傾けずとも最後までお飲みいただけるようになっております」

「ずいぶん珍しい飲み方ね。でも……シャルロットが言うのだもの。試させていただくわ」

これまでのお茶と茶菓子で信頼を勝ち得たのだろう、初めて聞く飲み方としては奇妙だと思えるシャルロットの提案をイザベラはあっさりと承諾《しょうだく》した。

するとシャルロットはすぐさま準備に取り掛かった。スムージーもほかの飲み物と同様にバスケットの中で保冷しておいたが、ほかのものより温度の変化に弱いため、念のために状態を確認すると、特に問題はない。

（店にいるエレノアとは距離が離れているけど、その力は問題なく使えている。こっちの世界に来てくれている間は、ずっと使えそうね）

うまく温度管理ができていたことにほっとしながら、シャルロットはイザベラたちにスムージーを提供した。

イザベラたちはやや緊張した面持ちながら、ストローを口にする。

しかし、次の瞬間にはその顔は綻《ほころ》んでいた。

「これは、とてもやさしい味がする飲み物だわ！」

「ええ。初めて飲む味なのに、どこか懐かしい……そんな味ですね。何より、このストローには本当に驚かされました。初めて飲みますが、使い心地に問題がないのはもちろんのこと、このストローがあることにより、口紅など化粧についてもあまり気を遣わなくてもよいのですね」

「それについても、驚いたわ。あまり冷たい飲み物を出す習慣がないから、今まで考えつく者もいなかったのか……。いえ、それだけじゃないわね。ガラスをこれだけ薄く、かつ均一な厚みで円筒状に仕上げるなんて、採算度外視でも作れる職人がいないはず。あなた、これはどうやって作ったの？」

「あの、実はこちらガラスではなく私の魔力で作ったものなのです。実はほかの食器についても、同じです」

「あなたの魔力なの……？」

「はい。正直に申し上げますと、お店の予算がなかなか厳しいために節約の意味も兼ねて作らせていただいております」

それを言うと、二人そろってストローをしげしげと眺める。

「ねえ、フレヤ。あなたは魔力で食器を作るなんて、聞いたことがある？」

「いいえ、そもそも魔力を具現化して留める技術など初めて耳にします」

「私もよ。……どうやら、どこぞの馬鹿のおかげで私たちは大きな魚を逃したようね。こんな素晴らしい技術をもつのであれば、ほかのこともいろいろと発案してくれたかもしれないのに。……ところで、シャルロット。ここからは少しだけ、ほんの少しだけ真面目な話をしたいの。あなたも椅子に座ってちょうだい」

「え？　はい、失礼いたします」

そしてシャルロットが腰を掛けたところで、イザベラはまっすぐシャルロットを見る。

「実は、あなたの召喚師としての実力については、ある程度報告で聞いているの。学院卒業時にはずいぶんな災難を被ったようね」

「……ええ、あれは災厄のようなものでしたので、運が悪いなと思いました」

「正直、今のあなたを見ていると私にとっても災厄だったのだなと思わされたわ」

そうして、イザベラは肩をすくめる。

「あなたが先日、フェリクス・ヒューゴ・ランドルフおよびグレイシー・ガルシアと共に魔物退治をし、商人を救出してくれた報告は受けているわ。精霊を含め複数の幻獣と契約する実力者と聞けば、私としてはぜひ王宮に招きたい。けれど、あなたはこのような素晴らしいお茶会を提供できる実力者。店も繁盛している中、このような誘いを受けるのは難しいでしょう」

「ありがたいですが、仰《おお》せの通りです」

「こちら側の不手際としか言えないことだもの、今さら無理にとは言わないわ。けれど、一つお願いがあるの。緊急事態にのみこちらから協力を依頼する、予備戦力になってはくれないかしら」

「予備戦力……ですか？」

聞きなれない言葉にシャルロットは首を傾げた。

その言葉を聞くだけであれば、どこかに戦いに行く必要があるようにも聞こえる。

イザベラは微笑みながら言葉を続けた。

「予備戦力になっている民間人はほかにも何名かいるわ。難しいことは特にないのだけれど、強大な魔物が出現した際には得意分野に応じて少々手伝いをお願いしているの。もちろん、無理な場合は召集を断ってもらってもかまわない。手伝ってもらったら、かわりに報酬《ほうしゅう》をお支払いしているわ」

「そ、それでいいんですか……？」

「ええ。本当は以前の討伐《とうばつ》の協力報酬も出したいのだけれど、懸賞金がかけられていない魔物に対する報酬をお支払いするための規定がなくて。ああ、魔物だけではなくて人間の悪い人も対象なのだけれど……お話をきくところ、貴女はほかにもいろいろな珍事に遭遇しているみたいだし、依頼を出す前にまたどこかで討伐をしてくれるような気もしているのだけれど、問題ないわよね？」

『珍事』というのは、以前の強盗事件のことを指しているのだろうか。それともアニーの店にいた者をさしているのだろうか。

どこまでイザベラの耳に入っているのかと思いながらシャルロットは苦笑いを浮かべてしまった。

もちろん返答は、ただ一つ。

「ええっと、その……、問題はございません。討伐しなければ、街や街の人に悪影響が及んだりすることもあると思うので、お店を守るためにもむしろ喜んでご協力はさせていただきます」

その答えにイザベラとフレヤは顔を見合わせ、ゆっくりと微笑んだ。

「ありがとう、シャルロット。これからもよろしくお願いね」

「いいお返事が聞けてよかったわ。ただ、もしかしたら貴女と一緒に働けていたかもしれないと思うと、やっぱり残念だと思う気持ちはなくならないわ」

「それに関しては本当に残念だったわね、フレヤ。けれど、お話が早く纏まってくれて私は助かったわ。これで心置きなく、溶ける前にこのスムージーをいただくことができるもの」

そう言うや否や、イザベラはグラスを手に取った。

「やはり、これは美味しいわ。レシピは経営上の秘密かしら？」

「はい。ですが、お気に召していただけて光栄です」

「もちろん美味しいと思っているのはこれだけではないわ。すべて素晴らしい品々だったもの。だから、こうしてゆっくりといただけるのが本当に嬉しいわ。……ということで、ほかにお話ししなければならないことがあるなら、あとはよろしくね、フレヤ。私はあなたより先に、この素晴らしい品々を満喫することに集中するわ」

「もう、イザベラ様ばかりずるいですわ」

「えっと……？」

話は終わったとばかり思っていたのだが、イザベラからはともかくフレヤからは話が続くらしい。

不思議そうにフレヤを見ていると、彼女は少し慌てた。

「ああ、すぐにお仕事をお願いしたいとか、そういうことではないの。ただ少し気になることがあって……。私と契約している幻獣さんが、フェリクスとギャレットのお友達ならお話ししておいたほうがいいんじゃないかって言っているの。シャルロットさんは採集にも出かけると聞いていますから、念のために」

「採集に関係が？」

「ええ。実は、魔物が活性化しているようなの。ただ、まだ確信が持てないし、公表するには早すぎるから、宮廷召喚師の立場からは詳しく言えないのだけれど……幻獣さんが言うことを、私は止められないわ。だから、私もお茶とお菓子を楽しませていただくわね」

「え、はい」

それは、機密情報というものではないのだろうか。

本当に聞いても大丈夫なものなのかとシャルロットは戸惑ったが、その返事にフレヤは微笑んだ。イザベラはわざとらしく「美味しいわ」と無関心を貫いているようなので、おそらく聞いていないことにしているのだろうと思われる。

そんな中、フレヤは魔法陣が描かれたハンカチーフを広げ、詠唱を行った。

するとまもなくして光が集まり、直後、優しい赤い目をしたクロヒョウが現れた。

『……初めてお目にかかります、私、メルと申します』

「あの、初めまして。シャルロット・アリスです」

『フェリクスやギャレットと仲良くしていただいていると聞き、喜んでおります。フレヤの子は私の子も同然。彼らには、私も母としての気持ちを抱いております』

「いえ、私こそ二人にはよくしていただいて嬉しく思います」

とても丁寧な、それこそご令嬢かと思うような口調のメルにシャルロットは反射的に頭を下げた。

「あの、それで……魔物の活性化というのはどういうことでしょうか？」

『魔物にはもとより凶暴さがあります。しかし最近、通常よりも行動的になっている傾向が強いのです。例えば以前貴女が戦ってくださった魔蛇のことです。あの魔蛇は、本来人里まで下りてくることは少なく、ましてやあれほどの数の卵を産み付けることは少ない』

「その……原因に見当はついていたりするのでしょうか？」

シャルロットの言葉にメルは首を振った。

『残念ながら、原因については証拠が示せるような段階にはありません。しかし、少しだけ……可能性は考えております』

「それは？」

『なぜか、この世界と異界の境界になんらかの綻びが生じ、異界の魔力が流れ込んできているのかもしれません。こちらに比べ、異界の魔力は濃い。魔物がその影響を受けている可能性があります』

「境界ですか」

『はい。そして、その綻びの可能性を指摘できる根拠は、力を失う寸前だった幻獣が貴女のもとに単独でやってきたことです。通常この世界からの招待の呼びかけがなければ、相当な力を持たない限り境界を突破することはできません』

どうやらクロガネか琥珀のことも知っているらしい。

『ただ、綻びらしい綻びを私も探れておりません。原因も不明です。私も探り続けるつもりですが、貴女にも支障がない範囲で気にかけていただけると幸いです。ただ、気にしすぎないでくださいい、私の仕事ですので手柄が流れるのも……』

「ありがとうございます。少し気を付けますね」

シャルロットの言葉にメルは一礼した。

上品な黒い体毛がきらりと光った。

（抱き着いたら、きっと心地いいんだろうなぁ……）

大変なことを言われたはずだが、シャルロットはそこに魅入《みい》ってしまっていた。

しかし、さすがにこの場で『抱き着いてもいいですか』とは尋ねられない。なにせ、王妃と侯爵家嫡男の妻の目の前で、しかも今日が初対面だ。

もしも今後出会う場面があればこっそりとお願いしようと心に決めた。

「ところで、シャルロットさん。もしよろしければ、私からも一つお願いがあるの」

「どういったことでしょうか？」

「もしよろしければ、いつかシャルロットさんのお友達の幻獣さんにご挨拶させていただきたいの。よろしいかしら？」

「もちろんです。みんなもフェリクス様のお母様とお聞きしたら喜びます」

「ありがとう。実は、宮廷召喚師と一緒にいる幻獣さんは好戦的な竜が多いの。格好いいのだけれど、やっぱりメルのようなふわふわとした愛くるしい子にも会いたくて」

フレヤの言葉にもメルは動じない……と見せかけて、しっぽだけはせわしなく動いていた。

どうやら恥ずかしがっているらしい。

しかし、それに異を唱えたのはイザベラだ。

「あら、フレヤばかりずるいわ。そんな機会があるなら、私もご一緒したいわ」

「でも、イザベラ様はとてもお忙しいではありませんか。私、次にイザベラ様のお暇ができるまで待てそうにありませんわ。だって、可愛い子たちを愛《め》でることに加えてこんなに美味しい思いもできるのですから」

それほど楽しんでもらえたことを、シャルロットはとても嬉しく思う。

（これは、次も楽しんでもらえるメニューを用意しておかなければならないわね）

そう思うとにやつきそうになってしまうのだが、ここは我慢だ。

急にへらへらと笑いだしたら、きっと変に思われてしまう。

「シャルロット。私、今日はとても満足したわ。王妃も満足するメニューと店で宣伝してくれてもかまわなくてよ」

「え、よろしいのですか？」

王妃の口にも合うものであれば人気が出るとは思っていたが、まさかその文句まで使用可能だとまでは思っていなかった。

しかし、イザベラは笑う。

「ええ。そしてあなたのお店にさらなる人気が出て、王都に似たようなお店が増え、美味しいものを競い合う環境が生まれれば、私はもっと美味しいものが食べられますから」

「ありがとうございます。では、遠慮なく掲《かか》げさせていただき、引き続き精進したいと思います」

そのシャルロットの言葉に、イザベラもフレヤも満足そうに頷いた。


そうしているうちに順調に時間は過ぎ、やがて終わりの時刻がやってきた。

「今日はありがとう、シャルロットさん。そろそろいい時間ですね。実は、私はこれから少し会議があります。けれどフェリクスもそろそろ仕事が終わっているはずですから、送らせましょう」

「え？　あの、大丈夫です」

「だめよ。今日はもうお疲れでしょうし」

「そもそも王妃が呼び立てた客人を歩いて帰らせるなんて、酷い話じゃない？」

「そうそう。でも、王家の紋章が入っている馬車なんてちょっと目立ちすぎるでしょう？」

それを言えば侯爵家の紋章が入っている馬車も大概《たいがい》ではないかと思ってしまったが、確かに王家の馬車よりは友人宅の馬車のほうがまだ緊張は薄まるものだ。

そこからフェリクスが呼び立てられるまでは一瞬のことだった。

フェリクスに『シャルロット嬢のことをよろしく頼むわよ』と言ったイザベラたちの前から退出し馬車に乗った後、シャルロットはほっと一息ついた。

「今日はお疲れだったな」

「フェリクス様こそ。……でも、大丈夫だったのですか？　すぐに来てくださいましたけれど」

「王妃様の勅命が飛んできたなら早く行け！　と、むしろ周囲に急《せ》かされたよ」

「さすがですね。なんだか申し訳ありません」

その用件がただの送迎だなどと知られれば、恐らく脱力されるだろう。

申し訳なく思うものの、これに関しては自分のせいじゃないとシャルロットも言い切れる。

「で、どうだった？」

「もちろん楽しかったですけど、やっぱり緊張もしましたね。でも、お二人ともとても素敵な方で嬉しかったです」

「そうか。……ところで、うちの母上は変なことは言っていなかったか？」

「変なこと……？　それは、特に聞いていないとは思います。たぶん、ですけれど」

一体何を心配しているのかと疑問を抱いていたが、少し考えればいくつか理由が思い至った。

（そりゃ、お母さんだもんね。小さい頃のお話とか、可愛い失敗のお話とかあるかもしれないもんね）

シャルロットも村での小さい頃の話……例えば果物欲しさに木に登って落ちた話などは黙ってい

てほしいと思ってしまう。

しかし今日に限ってはフェリクスの心配は無用だ。

「大丈夫です、フェリクス様。さすがに私的な場とはいえ、王妃様の前です。小さい頃のフェリクス様のお話などは出ていませんよ！」

「……いや、ならいいんだが」

「あれ、違いました？」

思ったよりもほっとした雰囲気にならないことを、シャルロットは少し不思議に感じた。

しかし、それ以外となると……。

「これは変なことではないのですが……魔物の活性化のお話を伺いました。メルさんからお聞きしたのですが。ちなみに、フレヤ様ご自身が直接仰ってはいけないことだそうです」

「魔物の活性化の話？　それで、王妃様は何と仰っていたんだ？」

「聞いていないことにしてらっしゃいました」

「……つまり直接言えないが聞いておけという意味で、俺にお前を送り届けるようご指示されたのか」

納得したというフェリクスの様子にシャルロットは少し意外に思った。

フェリクスも知らない事柄だとは思っていなかった。

つまり、これは王宮内でもまだ一部に留められている事柄だ。

「あの、フェリクス様は事前に聞いていらっしゃったのですよね……？」

一応非公式だと言われていたが、フレヤの息子であれば知っているはずだと思ってしゃべってみたものの、突然不安に駆られてしまった。

「ああ、たまたま母上の独り言を聞いた……ことになっている」

「一瞬、言ってはまずいことなのかと思ってしまいました」

「言って正解だ。共有されていないことだが、妃殿下の仰っていた『よろしく頼む』はこのことだろうから。今後、シャルロットと協力してことに当たってくれという意味だったんだと思う」

そう言って一つ溜息を落としたフェリクスに、シャルロットも苦笑した。

「巻き込んですみません」

「逆だよ。お前が巻き込まれただけだ。……メルの言葉という意味では初耳だし、ほかに公表されていることがあるわけでもない。だが、実地でなんとなく魔物の凶暴化は感じている。魔物の対処に関することだから、宮廷魔術師が動いているだろうことは想像していたが……。メルがかかわっているということは、異界とも関係がある可能性が出ているということか？」

「おそらく。ただ、本音と建前のどちらかはわかりませんが、メルさんも詳しくはわからないと仰っていました」

「つまり、はっきり言えないが関係がありそうだという話を聞いたんだな」

「ええ。あまり気にしすぎてはいけませんが、少し気にかけてほしいといった様子でした」

「わかった。まあ、何か気づいたら俺に手伝わせろということだろうから、あまり勝手に突っ走らないようにな」

「はい」

「くれぐれもな」

「念押ししますね」

理由だけはよくわかるために、シャルロットもあえて理由を聞く必要はない。

自分がすべきことは、行動で示して納得させることだけだ。

「大丈夫ですよ。無茶したらお店を長期間お休みしなきゃいけなくなるじゃないですか。せっかくお店に常連さんもついてきたのに、そんな忘れられそうになること、いたしません」

シャルロットは堂々と言い切った。

「……不安がぬぐえない」

そう呟いたフェリクスの発言は、聞かなかったことにした。

第五話 歌う森の小さな女神

イザベラとフレヤとのお茶会が終わった翌日から、シャルロットは『数量限定・おひとり様一品限り・王妃様のお墨付きメニュー！』という文字を入れた新メニューを提供することにした。

『王妃様のお墨付き』という言葉はシャルロットが思った以上のインパクトを客に与えた。

その結果、シャルロットは翌定休日までいつも以上に必死に働くことになった。

なにせ、注文を捌《さば》いても捌いても終わらないという状況に陥《おちい》っていたのだ。

「でも、ミルクレープに石畳ケーキ、市松模様のクッキーに氷出しのお茶、それから海老煎餅……。全部午前中に完売しているし、好評でよかったよ。イチゴのスムージーもさらに人気があがっちゃって、連日完売御礼だし」

限定メニューを食べてみたいと、朝一番からの客は今までよりも増えている。そのうち落ち着くだろうとは思うが、しばらく『王妃様のお墨付きメニュー』は午前の目玉となるだろう。

（今後は午後にも何か目玉になるものを作っていかないといけないな）

ただ、そうは思っていても働きづめのうえに考え続けていては疲れてしまう。

そのためにシャルロットは気分転換と素材探しのために採集活動をするため森に入っていた。

採集活動にあたってはメルから聞いた魔物の活性化対策として、クロガネとエレノアが一緒だ。もっとも、二人とも活性化がなくても一緒に付いてくるのだが。

なお、マネキと琥珀には今日はたくさんの菓子をお供にくつろいでもらっている。二人も接客で疲れていたので、ぜひともこの休みで回復してもらいたい限りである。

一方で同じく勤しんでくれていたクロガネとエレノアは、身体を動かす方がリフレッシュできるとのことで一緒に来てくれた。

（でも、魔物の活性化ね。肌では感じていないから、あんまりわからないな）

お茶会の後、シャルロットはマネキにも境界の異変について、千里眼が使えないか尋ねてはみた。しかしマネキは具体的なものでなければ、力を使って見ることができないと言っていた。

『ただ、言われてみれば……我は召喚の道に割り込んでこちらに来たが、よく考えれば、本来そのようなこともできない気がする。何の力も持たず、呼ばれてもいないところにたどり着けるものだろうか……？』

続けて実際に境界を超えたクロガネと琥珀にも尋ねてみた。

『私は魔力が付きかけており、必死だったことしか覚えておりません。今から思うと……境界を超えられたことはなかなか幸運ですね』

『私も同じです。前に死んだときから、また異界で小鳥に戻ると思ったときだったのですが……』

両者ともそんな余裕がある場面ではなかったので、覚えていなくても不思議なことではないだろう。

（実際に超えた子たちだと、少しヒントがあるかなって思ったんだけど……。レヨンさんは千里眼の能力を使って召喚の道を見つけたって言っていたから、関係がなさそうだしなぁ。エレノアに聞いてもそんなに異変を感じていないっていうか、もともとの状態に気を配ったことがないって言っていたよね。エレノアが気づけない程度の小さな異変なのかな……？）

実際のところ、まだ違和感から探っているような状況なのだから気にしすぎても仕方がないのかもしれない。

（いずれにしても、緊迫した状況じゃないならいいことよね）

あまり深く考えすぎても仕方がないと、シャルロットは改めて気持ちを切り替えた。

「ところで、シャルロット。今日は何を目的に来ているの？」

「今日は種《たね》がほしいと思って」

「種……？」

「ええ。クッキーに混ぜたり、パンに混ぜたり、お料理に使ったりするの」

「ナッツのようなもの？」

「ううん、もっともっと小さいものよ。パルアという花の種子なのだけど……まあ、実際に見てもらう方が早いわね」

パルアは春に様々な色の花をつける植物だ。残念ながら花も葉も茎も美味しいとは言えないが、その種は芥子《けし》の実のようで、ぷちぷちした食感を与えてくれる。

レヴィ村にいたときからシャルロットは好んでいたが、シャルロットが食べてみる以前は誰も食べていなかったし、どうやら王都でも流通していないようだった。

（まあ、パルアの実自体は味がしないものね）

けれどシャルロットとしてはお勧めできるものなので、ぜひとも客にも楽しんでもらいたいと思う。繊細で上品な粒が特別な印象を与えてくれるはずだ。

「そんなに小さいなら、たしかに琥珀のお友達に取ってきてと頼むのは難しいわね」

一部の薬草は今でも琥珀とともにいた鳥たちがシャルロットのもとに届けてくれている。今日は気分転換も兼ねて採集に来ているとはいえ、エレノアも何故《なぜ》鳥たちに頼まないのか不思議だったのだろう。

「うーん、種自体は鞘《さや》に入っているから不可能ではないかもしれないんだけど……。ただ、本体がないと説明ができないからね」

なにせ、鳥と人間で花の名を共有していないので伝えるのは難しい。加えて言うと、よく熟して収穫時期となったものを鳥たちに選んでもらうのは難しいだろう。果実であれば鳥たちもよく食べ頃をわかっているが、残念ながらパルアを食べる鳥をシャルロットは見たことがない。

「さて、到着。しっかり集めましょう！　クロガネはちょっと休んでいてね。ここまで乗せてくれてありがとう」

『主君の収穫がうまくいくよう、願っております』

「しかし……思ったよりたくさんありそう。エレノア、この鞘を収穫するよ」

「ねえもしかして、これって帰ったら、これを鞘から取り出す作業があったりする？」

「もちろん」

「なんだか少し細かい作業になりそうな気がするんだけど……」

「そうだよ。人手が必要だから、エレノアも手伝ってくれると嬉しい。クッキーの生地はここに来る前に保冷庫に入れてきたから、順調に作業が進めばすぐに使えるから味見もできるよ」

「あーもう。そういうのを人間は飴《あめ》と鞭《むち》っていうのよね。わかったわ、手伝おうじゃないの」

現金なエレノアに感謝しつつ、シャルロットは採集に励んだ。


そして大量に収穫した後、軽めの昼食に混ぜご飯のおにぎりを食べてから帰路につこうとしたのだが……そのとき、実に不思議な音がシャルロットの耳に届いた。

「歌声、かしら？」

「何か聞こえるの？」

「ええ。……ねえ、ちょっと寄ってもいいかな？」

どうやらエレノアには聞こえていないらしい。

それを不思議に思いながらも、シャルロットはそう提案した。声の調子は女性なのだが、魔物が凶暴化しつつある状況下でもしも一人であれば危険だ。

そう思いながら歩いていくと、一本の大きな木の下で緑色の髪の女性が一人で歌を歌っていた。

(……不思議。なんだか、とても温かな魔力を纏っている気がする)

歌は歌詞のないものだった。しかし身体がポカポカするような感覚がシャルロットには湧いてくる。

実に不思議だと思いながらもシャルロットは少しずつ近づいていったのだが、そこでエレノアに袖を引かれた。

「……ねえ、シャルロット。彼女って……」

ちょうど、そこまでエレノアが口にしたときだった。

「えええええええええ、ちょ、ちょ、ちょっと! もしかして、人ですか!? ゲホゲホゲホ!!」

先程まで歌っていた女性が急に奇声を上げ、そして咽《むせ》こんだ。

驚いたシャルロットが目を見開くと、女性は急に勢いよく土下座した。

「えっ!? ちょっと、大丈夫!?」

土下座のように見えるが、直前に咽こんでいたことで倒れただけかもしれない。

本当に大丈夫かとシャルロットが驚き心配すると、女性は続けて大きな声を出した。

「すみませんすみません、酷い歌声を聞かせてしまって申し訳ございません!! ゲホッ……! でも、まさかここに誰かいるなんて思ってなくて!! 拙《つたな》い歌を耳に入れてしまってすみません!!」

「え⁉　あ、いや、ここは別に野外だし、私はたまたま通っただけだから貴女は全然悪くないですよ⁉」

それなのに、そこまで必死に謝られるなどシャルロットには驚きしかない。

しかし、距離が近くなってはっと気が付いた。

「……あなた、もしかして人間じゃない？」

見た目はどう見ても人間だ。遠目から見れば間違いなくただの人間だと思うだろう。

しかし、こうして近づくとどこかエレノアやクロガネに近い雰囲気……感覚的なことにはなってしまうが、同じ世界に生まれた者とは異なる気配がある。

ただ、エレノアのような強力な雰囲気ではないのだが……。

シャルロットの言葉に、女性は悲鳴を上げた。

「え⁉　あなたはもしかしてこの世界の人間なのですか⁉　普通の⁉」

「え？　ええ、一般的な人間です」

召喚師が一般的かどうかというのはさておき、基本的には人間で間違いがない。

しかしその発言で女性はさらに高い声で悲鳴を上げた。

「やっぱり私は歌が下手《へた》な落ちこぼれなんだわ……‼　私の歌声を聞いても魔物どころか人間が昏《こん》睡《すい》しないなんて‼」

「……え？　ねえ、エレノア。どういうこと？」

「あー……。この子、幻獣のハーピーって種族よ。歌で他種族を虜《とりこ》にするって種族なんだけど……まあ、異界の住人ならともかく、人間相手なら通常は簡単に意識を奪うことができるのよ」

「え？　それって、魅了《みりょう》されるってこと？」

「いいえ、気を失うわ。音が酷すぎて。私たちからしたら、音痴だと思うのよ。あの種族はほかの種族とだいぶ感性が違うの」

そう言いながら、エレノアは頭をかいた。

エレノアの呆れた様子に、頭を地面にこすりつけていたハーピーは叫んだ。

「そうなんです……そうなんです……!!　うう、私、とても歌が下手で……というか、感性が皆と違いすぎて下手すぎるって言われて……歌っても歌っても、自分では上手だと思っても下手なんです……!!　みんなは意識を奪うくらい歌が上手なのに!!」

『そうなんです』という割にエレノアの説明と彼女の叫びがいまいち一致せず、シャルロットはエレノアに視線で解説を求めた。

「……彼女らは昏倒することを歌がうますぎて気を失う、と理解しているのよ」

「えっと……価値観の違い？」

「まあ、そういうこと」

その言葉にシャルロットは何とも言いがたい気分になった。

彼女は自身の歌が酷いと嘆いているが、シャルロットとしては酷い歌声を聞くことがなくて助かったと思わずにはいられない。

だが、心から謝っているハーピーを放っておくのも忍びなかった。

「えーっと、あのね。ちょっと落ち着こうか。別にあなたは何も悪いことしてないし……ね？」

シャルロットの言葉にハーピーは弾かれたように顔を上げた。

「えええ⁉　下手な私を罵りにいらっしゃったのではないんですか⁉」

「そんなことしないしそこまで暇じゃないよ！　ただ、危険な魔物が出るかもしれないところで女性が一人でいたから、大丈夫かなって思って……」

「え⁉　ここ、危険な場所なんですか⁉」

「あくまで、可能性だから落ち着いて！　あの、それより……あなたは異界の幻獣さんなんだよね？　召喚師と契約してここにいるの？　あ、私は召喚師のシャルロット・アリスというの。よろしくね」

もしかしたら近くに召喚師がいるのではないかと思ったが、人の気配は感じられない。

ハーピーは目を泳がせた。

「ええっと……私には契約者はまだいませんでして……。というよりも、自分の世界で川に落ちておぼれたはずが、気づいたらこの世界に来てしまっていて……。ああ、格好悪いっていうのはわかってますからね⁉」

「え、あの……それは、とても大変だったね。助かってよかったよ」

召喚師がいない状況での転移であれば、何か手掛かりがあるかもしれないと思ったが、それ以上に大変そうな状況だったことに同情した。

「空気が違うのと、たまたま人間を見かけたことで人間界に来たのには気づいたのですが、帰る方法もわからないし、聞ける相手もいないし……。そこで、何か名案を思い付くまでこの場で歌の練習をしようかなと思ったんです。最初に人を見て以来誰もこないし、ここなら迷惑をかけず歌えるかなと思って……」

「うーん。ハーピーさん、さっきからすごく自分の歌を卑下《ひげ》してるけど、私はハーピーさんの歌が好きなんだけどな……。エレノアはどう?」

「まあ、過去に聞いたほかのハーピーよりは遥かにいい歌だと思ったわ」

その二人の言葉にハーピーは目を丸くした。

「お……お二人とも、もしかして音痴の仲間ですか⁉」

「いや、ごく普通な感想のはずよ。あなたの種族がおかしいのよ。あなた、自分の種族以外の誰かに歌を聞かせたことってある……?」

完全にあきれ顔のエレノアに、ハーピーは再び縮こまった。

「あまりに下手だからまだほかの種族に聞かせられるようなものではないと言い聞かせられてて……」

そう、恐縮しながら言うハーピーにどんな言葉をかけようかとシャルロットは迷う。

一般的なハーピーの歌を知らないが、目の前の彼女の歌が自分の好みであることには違いない。

かといって、彼女の中にも絶対的に上手な歌が存在する。シャルロットは聞いたことはないが、それを否定しても、今までの生活環境から考えれば難しいだろう。

だが、一番大事にしてほしいのは……。

「ねえ、ハーピーさん。あなたは歌うことは好きなのかな？」

そう、これだ。

下手だと思っているけれど認められたいから歌っているのか、好きだからこそ上手になりたいのか。

そう尋ねてみると、ハーピーは嬉しそうに笑った。

「もちろん、大好きですよ！　ただ、理想と現実が違うだけで……。本当は自分がいいなって思う歌でみんなにいいなって思われるのがいいんですけど、センスがおかしいのか全然ダメで……」

「全然ダメじゃないよ。私たち、いいなって思ったんだから」

その言葉にハーピーは目を瞬かせた。

「え……あの、本当ですか？　ご無理をなさっていませんか？」

「全然そんなことはないよ。むしろ、女神様の歌声みたいに聞こえたもの」

「め、め、め、女神⁉　それは言い過ぎですって……でも、本当にお好きだと思ってもらえたのですね⁉」

ハーピーは喜んだり焦ったりと忙しい。

そこでシャルロットは笑った。

「本当に素敵な歌だと思うよ。ただ、さっきも大きな声を出したときには咳《せき》をしていたし、歌い過ぎで喉が痛かったりするんじゃない？　お薬とまではいかないけれど、少しは紛れると思うからこの飴、あげるね」

「あ、ありがとうございます……！」

それはシャルロットがおやつ用に持っていた手作りのはちみつレモン飴だ。

「とりあえず、ハーピーさんにはまだ行く当てがないんだよね？　私たち今から家に帰るところなんだけど、よかったら一緒に来ないかな？　ここにいても帰る手立て、見つかりにくいと思うし」

行く当ても帰る当てもなさそうかつ、魔物という言葉に衝撃を受けていた様子からも、あまり戦闘能力が高いというわけではなさそうだ。

「い、いいんですか？」

「うん。うちには異界の子もいっぱいいるから」

そして、行く当てのない子を放っておくのは気が引ける。

シャルロットが誘うと、エレノアも両手を勢いよく合わせていい音を立てた。

「いい機会じゃない。一緒に帰って、それから少しお手伝いしてくれたらきっと食事も出るわよ。これから収穫した鞘の処理をしなきゃいけないんだけど、人手が足りないのよね」

これで作業量が減らせるとばかりに、エレノアは上機嫌だった。

「ええっと……それでは、お邪魔してもよろしいでしょうか？　私、戦闘能力はないし、あまり学もあるほうではなくて……。頼れるところができるのは、本当に助かります」

「もちろん！」

誘ったのはシャルロットだったはずなのに、むしろ上機嫌なエレノアが返事をしている。

「じゃあ、いったんお店に戻ろうか。ええっと……ハーピーさんにはお名前、あるのかな？」

「申し遅れました、私はミラと申します。よろしくお願いします、シャルロットさんと……そちらは……」

「エレノアよ。そっちの犬っころはクロガネ」

「エレノア様、クロガネ様。よろしくお願いいたしますね。それにしても……クロガネ様は、まるで私たちの世界にいると聞いていた種族とよく似ていらっしゃいますね。大きくて立派で、お強そうです」

そうしてミラはクロガネを見上げていたのだが……。

どうしようかなとシャルロットがエレノアを見ると、エレノアは苦笑いをしていた。

「……言いにくいけれど、私たちはあなたと同じ異界の出身者よ」

「え、そうなんですか？」

「『お姉さん』の私はエレノアで光の精霊女王。『犬』はケルベロスでクロガネという名前なの」

「えええええ!?　まさか……そんな高位の方々が!?」

まったく気づいていなかったらしいミラは悲鳴に近いような叫び声をあげた。それを見たエレノアは『まさか話していて気づかないなんて……どれだけ同種族の中だけで生活していたかがわかるわね』と小さく呟く。

しかし、その驚きの表現自体には気をよくしたらしい。

「その私たちがいい歌って言ってるんだから自信をもってくれたらいいんだからね」

「は、はい！」

緊張した面持ちのミラにシャルロットも続けた。

「帰ってからいろいろ詳しいお話もしようと思ってるんだけど……どうせなら、帰るまでの間にもう一曲聞かせてくれないかな？」

「え……？」

「その、ハーピー一族にとっての綺麗な音楽っていうのは私にはわからないんだけれど、私たちからしたらミラさんの歌はとても綺麗だもの」

「そうそう、ハーピー一族にしたら前衛的すぎるのかもしれないけど、ほんと私たちからしたらずっと聞いていられる音楽よね。心地よすぎて寝てしまえるくらい」

「え、えっと……じゃあ、お言葉に甘えて歌わせていただきます……！」

そうして歌い始めたミラの歌はやはり心地がいい。

（もしも異界に帰りたいっていうならできることは協力したいと思うんだけど……この歌をもっとミラさんが歌いたいように歌えるようになったら、どんなに綺麗な音楽になるかな……？）

そう考えていると、異界に戻るにしても一族のところではなく、彼女の歌を気に入ってくれるところをエレノアと相談したいと思うし、こちらに居たいということならば、シャルロットも協力したいと思う。

そう考えていると、あっという間にミラの歌が終わってしまったのでシャルロットはアンコールをリクエストした。なんとかこの歌を生かす方法を、ミラが納得するかたちで提案したいと考えながら、その後も二回ほどリクエストしたのだった。

店に戻った後、シャルロットたちはパルアの種を鞘から外す作業を行った。それはエレノアに『一緒にやるよね⁉』と迫られたミラも一緒だ。

ミラも『どうせ暇ですから』と快く応じてくれたのはありがたかった。

「やっぱり細かいわね……」

「ごめんごめん。でも、美味しいものには苦労が伴うものなのよ」

「それがわかってるから断れないんだけど……でも細かいわ！」

エレノアとシャルロットがそう言いながら手を動かす中、ミラは集中して鞘を割っている。

エレノアはそれをじっと見てからふと呟いた。

「そういえば……思い出したんだけど、ハーピーって歌っているとき以外は基本的に鳥の姿よね？」

「え、そうなの⁉」

「あ、はい。どちらも本来の姿といって差し支えがないのですが、歌うときはこの姿で、休むときは鳥の形をとっております。歌えるなら、一日中鳥の姿でもいいと思うのですが、どうしても私たちは鳥の姿であると歌うのには向かないので……」

そう、にこにこと話すミラを見て、シャルロットは思わず身を乗り出した。

「ねえ、ミラさん！　ちょっと鳥の姿になってもらえない⁉」

「え⁉」

「どうしてもその姿が見てみたいの！　お願いできないかな……？」

これほど見事な歌声を持つミラの鳥の姿はどのようなものなのか。

それが気になったシャルロットは高ぶる気持ちが止められない。

「ええっと……面白くはないと思いますが、それくらいなら全然」

そう言いながら、ミラは椅子から立ち上がり、ぼんっと煙を身に纏う。

そして……現れたのは、こてんと首を傾げたフクロウだった。

「か……可愛い……‼」

『そ、そうですか⁉』

ホ、ホウという声に重なって脳内に響く声に、シャルロットは何度も頷いた。
まるまるとしたフォルム、つややかな白い羽、そしてそこに混じる緑色の模様、そしてくりっとした目に加えて、それらと対照的な鋭い爪。

(可愛い以外に形容するのは難しい……！)

綺麗な歌声から想像していた鳥の姿とはまったく異なるが、頬は緩んでしまった。

「ね、ねえ。腕に乗ってもらうとかって……できる？」

『え？　ええ。もちろん』

そしてバサバサと翼を動かし、ミラはシャルロットが地面と平行に上げた腕に舞い降りる。

その超近距離にいてもなお、ミラは可愛らしかった。

そして彼女はやはりスカウトしなければいけないと、シャルロットは帰路の間にずっと考えていた計画を実行することにした。

「ねえ、ミラさん。もし異界に戻りたいのなら、私も協力できると思うの。私は召喚師で、異界からの召喚や送還はずっとしてるし、異界にさえ戻ればエレノアが帰りたい場所まで案内することもできると思う」

『本当ですか⁉』

「ただ……もしよかったら、帰ってもまたこっちに来てもらったりできないかな……？　できたら、私、ミラさんに一緒に働いてもらえるとすごく嬉しいんだけど……！　あ、帰る予定にしていないなら、もちろんずっとこっちにいてもらえるように手配はするよ！」

そのシャルロットの誘いを聞いたミラはすぐに腕から離れ、人型に戻った。

そして目を何度も瞬かせている。

「あ、あの……詳しくお聞かせいただいてもよろしいでしょうか？　その、私にお仕事というのは……？」

「私、帰り道ずっと考えていたの。ミラさんの歌を生かす方法って何かないかって。私の店は飲食店で、たくさんの人がお茶やお菓子を楽しみに来てくれるの」

「それは食べ物屋さんということですよね？　……私が役に立つとは思いがたいのですが……」

「そんなことはないわ。だって、女神の歌声のコンサートが開かれていたら、お客様もきっと喜んでくれると思うの」

「コンサート……って、えええええ⁉　人前で歌うということですか⁉」

「ええ。そのためには喉にいい薬草茶も提供するし、金銭的なお礼や物品としてのお礼も交渉させていただくわ。それから、歌わない時間も鳥の姿でお店にいてくれたり、注文をとったりする店員さんになってくれるのなら、もちろんそちらの対価もお支払いさせていただくから！」

「ちょ、ちょっと待ってください。私の歌を確かが好いてくださってるということは、わかったつもりです。でも……本当に、ほかの大勢の人に聞かせていいものなのか、それは自信が……」

戸惑うミラに、シャルロットは首を振る。

「私は歌のことについては詳しくないから、好きとかいいなっていう感想しか言えないの。でも、お店のことに関してはもうプロなんだ。ミラさんの歌ならきっと私のお店に、もっと素敵な時間を与えてくれると思うの」

まっすぐ目を見て言うシャルロットに、ミラは少し動揺していた。

自信はないが、やってみたい。そんな風な瞳だとシャルロットは感じる。

ならば遠慮なく押すしかない。

「で、でも……うるさいって思われたら……迷惑が……」

「大丈夫。私たちが楽しみにしているミラさんの歌にヤジを飛ばすなら、そのヤジがうるさいって言い返すわ」

「えっと……本当に、ですか？」

「ええ。だって、このお店は私が好きなものを詰め込んだお店だもの。お客様に楽しんでいただくのはもちろん大事だけど、私が大好きなものをお店に集めることも、大事だもの」

「……わかりました。では、よろしくお願いいたします。……ところで、歌以外についてのお仕事も色々あるご様子ですが、そちらも詳しくお聞きしても構いませんか？」

「もちろん！　でも、そっちは私より働いてくれている子たちから説明したほうがいいかもしれないし……。ホールのお仕事についてはエレノア、接客のことについてはクロガネに聞いてもらおうかな」

「え？　シャルロットは？」

「今準備が終わってるパルアの種でクッキーを仕上げちゃおうかと思うの。今日使う分は十分あるし」

「了解！　私に任せて！」

そう、エレノアから力強く返事をうけたのでシャルロットはミラに向かって笑いかけた。

「クッキー、焼きあがったらミラさんも食べてね」

「あ、はい！　もちろん！」

それからエレノアからの仕事の説明が終わった後、クロガネが説明を始めようとした頃にはよいクッキーの香りが二階にまで届いたらしく、マネキと琥珀が下りてきた。

二人はミラの姿を確認するや否や客と誤解したようだったが、クロガネに一緒に働くことになるかもしれない者だと言われ、説明側に加わっていた。

興味津々な声が聞こえてくる中、シャルロットはミラの返事には期待できそうだと思ってしまった。


そして、後日。

ミラは午後一番に店で歌を披露した。

「すごい歌姫様だわ、こんな声が出せる方がいるなんて……」

「劇場で聞いた歌より、透き通っているわ」

「とても贅沢をさせていただいているわね」

「あとでサインをもらえないかしら？　きっと、大物になられるわ」

大きな拍手の後、客は口々に感想を述べていた。

ミラはそれに驚いていたものの、その日、泣き笑いのような表情を浮かべながらシャルロットに言った。

「シャルロットさん、私、これからもここでもっとたくさんの歌、歌わせていただきたいです！」

「じゃあ、交渉成立だね。よろしく！」

「それで……さっそくなんですが、ずっとこちらに滞在したいのですが、構いませんか……？　こちらでしたら、歌を練習しても、怒られることがなさそうですので……」

「もちろん。でも、こっちにずっといるなら魔力が減っていくと思うから、よければ私と契約しない？」

今はまだ異界から来てそれほど経っていないからか、日常生活に支障があるほど魔力が減っているわけではない。しかし長く滞在するのであれば魔力も減る。

幸いにもシャルロットの魔力には余裕がある。エレノアから聞いたところによるとハーピー一族はもともと破壊力のある歌という特徴はあるものの、魔力消費が少なめらしい。そのため、契約は保険的な意味合いにはなるが、ないよりはあるほうが安全だろう。

「ありがとうございます！　それから……もう一つ……。パルアの種のクッキーとはちみつ飴、また食べたいんです。私、あれがとても大好きになってしまったので。あと、一緒に作る練習をさせていただきたいんです。それから、鳥の姿での接客にも興味があるのですが……!!」

照れながらたて続けに言うミラにシャルロットも笑った。

「では、改めて。よろしくね」

「はい！」

そうして、新たな店員が一人アリス喫茶店に加わった。

ミラの歌も瞬く間に噂が広がり、イザベラから『今度のお茶会にはその子も連れてきてほしい』という旨の手紙をもらうまで、時間はそれほどかからなかった。

第六話　『お嬢様』になる非日常

Welcome to the healing Mofu Cafe!

ミラが店員としてアリス喫茶店に加わってから、十日が経過した。

午前の目玉となっていた王妃様お墨付きのメニューに加え、新たに午後の目玉としてミラのコンサートが生まれたアリス喫茶店は、さらに活気に溢れている。

最初は午後に一回だったミラの歌も、不定期に増やして歌うようにもなっていた。

特に夕方時になると歌うしっとりとした曲には、新たなファンが生まれていた。

「いやぁ、こんな美味い飯が食えるうえに甘味がついているだけで恵まれていると思っていたが、気持ちが落ち着く歌まで聞けるとは……。慰労《いろう》にぴったりだな」

そう言いながら店の一番端の席で美味しそうに食事を口へ運んでいるのは、顔に大きな傷のあるガタイの良い男性客の一行だった。こん棒や大剣などの武器を携《たずさ》えている彼らは傭兵業に従事しているらしく、商人の護衛や素材集めとしての魔物退治を請け負っていると聞く。

そんな彼らが食べているのは、初めて来店した際にシャルロットが『もしよろしければ、私の大好きな肉料理を作らせていただきましょうか？』と申し出て用意した裏メニューだ。

それまでシャルロットがメニューにないものを提案して提供したことは特になかった。しかし暑い中での仕事を終え、汗もかいただろう彼らには通常提供している食事では量が足りないのではないかと思ったのだ。もちろん量の問題だけであれば大盛仕様で対処することもできるが、味についても少し濃いめのパンチが効いたもののほうが喜ばれると考えた。

そこでシャルロットが提供したのはステーキ丼《どん》だった。

ステーキ丼は、ただ白飯に肉を載せただけの食事を提供したわけではない。もちろん、シンプルなステーキ丼も魅力的だとシャルロットは思っている。白いご飯にステーキを載せ、タレをかけるというのもシンプルで美しさがある。

しかし、ここはカフェだ。せっかくなら彩りを大事にしたい。

その思いから、バターで大蒜と共にしんなりするまで炒めた玉ねぎ、そしてキノコにセウユースの搾り汁を絡めたソースを作り、ミディアムレアの肉にかけた。そして、カフェらしく緑色の野菜を添えて色彩を豊かにする。

これで肉と白飯をマッチさせ、さらに白飯の力で満腹感を増幅させる『ステーキ丼・醤油バター風味』の完成だ。

これを傭兵の一行はとてもお気に召したらしい。

「こんな味付け、食ったことあるか⁉」

「いい！　なんとも形容しがたいが、まろやかさとパンチのある香りのアクセントが混在している、不思議な濃厚ソースがとてもいいな……。このソースだけでも飯が進みそうだ。飯のお代わりはできるのか？」

「いつもは酒がほしくなるが、これは酒よりも二杯目がほしくなるな！」

以降、シャルロットはこの一行には必ずこのメニューを提供している。

そして、今日も満足してもらえたらしい。

「店主の嬢ちゃん、今日もやっぱり美味い飯だった。ありがとさん。でかい仕事が終わった後は、やっぱりここに限るねぇ」

「そう言ってもらえると光栄です。ところで、今日は少しローストビーフを作っていたんです。セウユースで作ったソースもあるんですけど、一緒にいかがです？　ちなみに実物はこちらです」

「そう言われちゃ、頼むしかないな！　ああ、まだ早いが甘味はどんなものがあるんだ？」

「日替わりには紅茶のスフレチーズケーキがありますよ。あともう少しで売り切れますが」

柔らかくしたクリームチーズを泡立て器で滑らかになるまで練ったあと、卵黄、牛乳、小麦粉、レモン汁、ミルクティーの順番に混ぜ、別のボウルで作ったメレンゲを三度に分けて混ぜた後、ココットに入れてオーブンで湯せん焼きにしたのが、この紅茶のスフレチーズケーキだ。

「売り切れ……？　そりゃあ、すぐに頼んでおかなきゃいけないなぁ？」

「では、取り置きしておきますね。召し上がりたいタイミングで呼んでください。それまでは冷やしておきますから」

「おう、助かる。融通が利いて、いいねぇ」

そう言いながら機嫌よくローストビーフに手を伸ばした男は、しかしそこでいったん手を止めた。

「どうなさいましたか？」

「ああ、いや、気になることがあったなと思い出したんだ。嬢ちゃん、たしか採集にも出かけるって言ってたな？」

「え？　ええ、よく出かけますね」

「なら、念のための忠告になるが、ベーレ山には近づかないほうがいいぞ。最近までは魔物に遭遇しても小型の魔物だけだったんだが、この間は大狼《おおかみ》がいたって噂が出ている。しかも、群れでな」

「大狼が……？　確か、なかなか高い攻撃力を誇《ほこ》っていますよね……？」

「ああ。素材は売れるが、あんなもんが群れになっていたら装備なんてすぐに壊されちまう。まあ、王都からは少し離れているうえ、あんまり採集活動で行く場所とは聞いていないが、街道はそこそこ近いし、寄る可能性もなくはないだろ？　満月の頃には特に活発に行動する奴らだ、気を付けるに越したことはない」

「……ありがとうございます。気を付けますね」

「まあ、見間違いの可能性も否定はしないがな。どうしても行くって言うんだったら格安で護衛するぞ？」

そんな言葉にシャルロットは苦笑した。

「ありがとうございます。もっと大儲《おおもう》けさせていただいたら、護衛はお願いしますね」

冗談には冗談で返したが、一応現地の確認は必要かとシャルロットは思った。

（メルさんが言っていたことにも関係しているかもしれないし……でも、大狼か。夜行性の魔物だなぁ……）

それなら、次の休日の前夜に向かう方がいいだろう。

大狼の活動時間に行ったからといって何かがわかるとは限らないが、いつもと違う状況だというのであれば、それを確認して悪いことはないはずだ。

ただ、夜といえばエレノアには頼みづらい。

エレノアは光の精霊ということもあり、基本的に昼のほうが能力が高く、陽の光が見えなくなると少し力が抑えられる。料理くらいであれば問題はないのだが、戦闘には向かなくなる。本人もできるだけ夜は休みたいようなことを以前口にしていた。

だが、深く悩む前に調理場に戻ったシャルロットの前には豆柴姿のクロガネが現れた。

『主君、大狼というのは、いわば我らと同系統の四足歩行の種族ですよね。もしそうであれば、私がいればほかの護衛など必要ないことでしょう。遠吠えで蹴散らす自信がございます』

（四足歩行って……枠が大きいね……！）

たしかに犬系という意味では同一カテゴリーなのかもしれないが、いずれにしても自信満々のクロガネには協力をお願いしたい場所でもある。

歌い終えてはちみつレモンのジュースを飲んでいたミラも、そのやり取りを聞いて首を傾げる。

「シャルロットさん、夜にお山に行かれるのですか？」

「そうね。ちょっと調べたいこともあるから」

「でも、お外は暗いですよ。もし、よろしければ私もお手伝いさせていただきます。私、種族の特性で鳥の姿だと夜もよく周囲が見えるんです。探し物もできますよ」

「ほんと？　ありがとう、助かるよ。クロガネとミラが一緒なら、心強いよ」

『しかし主君、一つだけ提言させていただいても構わないだろうか』

「もちろん。何かな？」

現場へ向かううえでの注意事項だろうかとシャルロットが首を傾げると、クロガネは真剣な目でシャルロットを見た。

『おそらく、以前からの主君の運を考えるに、ここはフェリクス殿にも声をかけておいたほうがよろしいかと思います』

「フェリクス様？」

『はい。何か見つけてしまって、万が一戦闘にでもなればきっといつも通り呆れられると思いますし、何なら怒られるかもしれません』

「……そうだね、そうしたほうがいいね」

しかし、それはすでに何かが起こると言っているようなものではないだろうか。

そうシャルロットが思うのも、仕方がないことだと思ってしまった。

（フェリクス様が一緒に行けるかどうかは別としても、ちゃんと言っておかないと）

イザベラからも一言があったというのだから、フェリクスにとっても困るかもしれない。そうでなくともずいぶん心配をかけているという認識はある。

あいにく今日はフェリクスが店にやってくる予定はない。

（でも、もしかすると予定も合うかもしれないし……早めにお知らせした方がいいわよね？）

そう思ったシャルロットは暇を見つけて手紙を書いた。

ただし内容が内密なことに関する調査になるので、フェリクス以外の目に触れたときのことを思えば、ぼかした内容で書かざるを得ない。

そう思い、悩みに悩んで文章を考えた。

『六日後の夜、採集活動に出かけます。よろしければ一緒にいかがでしょうか？　メルさんのおっしゃっていたものも見つかると嬉しいのですが』

そして、実際に書いたものを見てみると、なぜかデートの誘いをしているように見えてしまう。

（いや、でもほかに書き方が思いつかないし……。そもそも万が一にも誰かの目に触れてしまったときに誤魔化すためにこうしているだけだから、見られないのが大前提だよね）

それにフェリクスならシャルロットが普段は夜に採集活動などには出ないことを知っているはずだし、メルの名前が出ていれば調査の件であるということは伝わるだろう。

あまり伝わらなかったとしても疑問が残り、シャルロットに直接聞きに来るはずだ。

そう思ったシャルロットは仕事が終わった後、侯爵邸へと向かうことにした。

今日の夕食はビーフシチューとパンとポテトサラダを用意していることをエレノアに伝えると、『あとは任せて！』という快い返事があった。お陰でシャルロットは急いで着替えたうえで手早くお土産になるものを用意してから出発することができた。城へは喫茶店の店主として向かったので仕事着だったが、さすがに手紙を届けに向かうときに仕事着は違うと思う。

「シャルロットは夕飯、どうするの？」

「帰ってきてから食べるわ。あ、でも全部食べちゃっても適当に作るから気にしないでね」

「了解。全部食べるつもりでいただくわ」

そんなことを言いつつ、シャルロットは店を出る。

（いくらお手紙を届けるだけとはいえ、あまり遅い時間帯は褒められるものではないよね）

店を閉めたばかりのこの時間であれば、まだギリギリの許容範囲……だと思いたい。まだ一般的な夕食の時間より少し早い時間帯だ。

時間短縮のために滅多《めった》に使わない辻馬車に乗り侯爵邸に到着したシャルロットは、しかし目にした大邸宅を前に戸惑った。

（いえ、大きいのは予想していたけれど……ここまで⁉）

まず驚いたのが門から玄関までの距離があまりに長いことだ。ちょっとお邪魔しますといったノリで入って、使用人に手紙を預けようと考えていたシャルロットとしては腰が引ける。

（門は開いているけれど……。入った瞬間に不法侵入になりそうなら、整った庭なんて通りにくすぎるし、もはや入っていいのかもわからない）

しかしだからといってポストらしきものはなく、人に預ける以外に手紙を届ける手段はなさそうだ。ただし、見える範囲に預けられる人が誰もいないのだが。

（うーん。明日の朝一番に来た方がいいのかな……？　朝なら庭のお手入れをされている方もいるかもだし……）

しかしできることなら預けて帰りたい。

やはりここは玄関まで行ってみるべきかとシャルロットが足を踏み出そうとしたとき、馬車が近づいてくる音がした。

その音は徐々に減速している。

（馬車には侯爵家の家紋がない……ってことは、来客かな？）

もしそうであれば、さらに訪ねにくくなったのではないだろうか。

（いや、でもお客さんっていっても、さすがに使用人全員で対応されることはないだろうし、やっぱりお手紙は渡して帰ろう）

そう思いながらも邪魔にならないよう門の端の方へシャルロットは移動した。

しかし馬車はそのまま門を通ってエントランスへと向かおうとしていたが、中途半端な位置でゆっくり止まる。

（あれ？）

一体どうしたのだろうとシャルロットが思っていると、御者が昇降台を用意し、ドアを開けていた。こんな中途半端な位置で何故止まったのかと思っていると、現れたのはフレヤだった。

「ああ、やっぱりシャルロットさんだわ。我が家にご用事かしら？」

「フ、フレヤ様……⁉　こんにちは！」

そう言ってからこの時間帯に『こんにちは』は正しかったのか、それ以前に『ごきげんよう』だったのだろうかとシャルロットは焦ったが、もう口に出てしまったことは仕方がない。

しかしフレヤも気にはしていなかったようで、ニコニコと微笑んでいる。

「今日のお仕事はもう終わられたのかしら？」

「あ、はい」

「そう、ならよかった！　ねえ、シャルロットさん。私に少し付き合っていただけるかしら？」

「え？　あ、はい」

まさか逆に誘われるとは思っていなかったので驚いている間に、フレヤは御者に次の指示を出す。

「じゃあ、このまま歩いていきましょうか。ねえ、馬車の荷物は先に私の部屋に届けておいてくれる？」

「かしこまりました」

「あれ？　今日は以前のものとは違う馬車なんですね……？」

家の規模を考えれば馬車が何台もあっても不思議ではないのだが、今日の馬車は以前の馬車よりかなり簡素だったような気がする。そしてよくよく見れば、フレヤの服装自体も比較的簡素なものに見えた。

「ふふふ、今日はお忍び用の馬車だったの」

「お忍び用ですか？」

悪戯っぽく笑うフレヤに、シャルロットは首を傾げる。

するとフレヤはますます満足そうに笑みを深めた。

「ええ。だって、家紋がついた豪華な馬車に乗って街中に向かえば、変に目立ってしまうでしょう？　トラブルを避けるためには、お忍び用の馬車も用意しないと」

「街歩きをなさったのですか？」

珍しい趣味だなとシャルロットは思った。

貴族も位《くらい》が高くなれば高くなるほど、買い物は自宅で済ませる。なぜなら商人が喜んで邸宅を訪ねるからだ。衣服についても普段は家に仕立て屋がやってくるとグレイシーは言っていた。だから彼女は逆に制服のような、誰かと同じデザインというものが特別で面白いと楽しんでいた。

フレヤについても、おそらく同じような環境だとは思う。

「そうなの。私の夫はよくお忍びをしているし、フェリクスも影響を受けているようだけれど、私はあまりしないから新鮮《しんせん》だったわ。でも、どうしても欲しいものがあって」

「お気に召したものは見つかりましたか？」

「ええ。素敵なものが見つかったと思うのだけれど……ぜひシャルロットさんにも見ていただきたくて」

「それは、ぜひ拝見させてください」

時間はたくさんあるし、フレヤがとても嬉しそうにしているので、どんな品を購入したのかとても気になる。ご婦人が夢中になるようなものを知れば、新しいメニューの開発や盛り付けの参考になるかもしれない。

そう楽しみにしながらシャルロットはフレヤの案内で彼女の自室に入った。

テーブルの上には箱が置いてあり、フレヤは嬉しそうにそれを開ける。

しかしそれを見たシャルロットは目を見開いた。

その箱に入っていたのは、服だった。折りたたまれているので正面部分しか見えないが、程よいレースが可愛らしく、濃紺の上品な服だ。

「わ、可愛い」

シャルロットは思わず素直な言葉を出してしまう。

よく見ると細かなところにも刺繍《ししゅう》があり、細部まで大事に作られたものなのだとわかる。

ただその柄を見て、少しだけ疑問がわいた。

（でも、これがフレヤ様が探していらっしゃったもの……？）

今のフレヤが着用するには少しカジュアルな気もするし、街まで買いに行かなくても手に入るのではないか。

「気に入ってくださった？」

「ええ、とても可愛らしいと思います」

「そう！　よかったわ、じゃあ、さっそく着替えましょうか。そうそう、髪飾りや靴も見立ててきたの」

「は……い⁉　私が着ていいんですか⁉」

いったいなぜとシャルロットが目を瞬かせると、フレヤはにこにこと笑って言った。

「もちろん。だって、シャルロットさんに似合う服がないかと、探してきたんですもの！　でも、私は街で若い女の子が好む服がよくわからなくて……色々と見ながら選んできたの」

「え、でも」

「この間は想像以上に素敵な時間をくださったのだもの。私のお礼も、想像以上にさせていただきたいし、できれば今度はこれを着て私と一緒にお食事に出かけましょう？　シャルロットさんのお料理もとても美味しいけれど、もっとシャルロットさんとお話しさせていただきたいの。でも、シャルロットさんにお世話を焼いてもらっていてはそれができないでしょう？」

「え？　あ、あの、ありがとうございます……！」

「じゃあ、着替えはお一人でできそうかしら？　もしよければ、その間に髪とメイクをしてくれるように頼んでくるわね」

フレヤのおっとりしていても強い押しにシャルロットは完全に飲み込まれた。

だから部屋に一人残されたシャルロットができることは、フレヤの希望通り着替えてこの服装を披露することだけだった。


その後、フレヤは侍女を伴って部屋に戻ってきた。

侍女はシャルロットの髪を綺麗に纏め、軽く化粧を施《ほどこ》す。

「化粧はほんのりといった具合のほうがお似合いですね。紅《べに》を差す程度でよいかと思います。赤よりもう少し明るいものがお似合いだと思いましたので、この色で」

「まあ、可愛らしい！　シャルロットさんはもともと優し気な雰囲気ですけれど、今のお姿だとお嬢様のようですね」

「髪飾りもこちら、よく似合っておいでです」

その二人の言葉を聞きながら、シャルロットは目の前の鏡をまじまじと見てしまった。

確かに紅をさした程度ではあるのだが、いつも自分がしているよりも服に合わせた髪型にしてもらっているせいか、大変身をした気分だ。

だが……どうも、普段と違う気がして少し気恥ずかしい。

（なんだか、少し詐欺をしている気持ちで心苦しいな……）

なにも悪いことはしていないはずなのに、落ち着かない。

「服もサイズが合ったようでよかったわ。それでも、少し手直しは必要かしら？」

「いえ、全く問題ございません！　ありがとうございます、フレヤ様」

「いいのよ、私が満足したかったのだもの。でも、一緒に出掛けるとなれば私の服もシャルロットさんと合うように見繕《みつくろ》いなおさないとね……」

そう言いながらしげしげと観察され、シャルロットは苦笑した。その間に侍女も席を外す。

「ああ、そういえば。シャルロットさんは今日はどのようなご用件でいらしたの？　ごめんなさいね、私が先に自分の用事を押し付けちゃって」

「お気になさらないでください。私はフェリクス様にお手紙をお渡ししたいと思って参りました」

「あら、お手紙だけなのかしら？」

「はい。お忙しいでしょうから、どなたかにお預けさせていただいて帰ろうかと考えておりました」

それが思った以上に立派な屋敷だったため、しり込みしてしまっていたというのは伏せてシャルロットが伝えると、フレヤは首を傾げた。

「たぶん、もうすぐ帰ってくるわ。それまでお待ちにならないかしら？」

「しかし、お約束もさせていただいておりませんし、お仕事でお疲れになっていらっしゃるでしょうから」

「大丈夫よ、丈夫で元気なのがあの子の取り得ですもの。それに、きっとシャルロットさんと会った方が元気になると思うの。そうだわ、せっかくですからギャレットにもシャルロットさんの服を見てもらいましょう。私が選んだと自慢したいわ。待っていてね、連れてくるから」

「え、あの……」

そんなものを見せられてもギャレットも反応に困るのではないかとシャルロットは思ったが、フレヤを止められる気はしない。

(ごめんなさい、ギャレット様。でも、苦情があればお母様までお願いいたします……！)

ほどなくしてフレヤは宣言通りギャレットを連れて戻ってきた。

ギャレットはシャルロットを呆然として見ていたが、フレヤの『感想くらい言いなさいな』といった苦情で、目を背《そむ》けながらぼそぼそと言い始めた。

「そのくらいの格好をしていたらマシに見えるんだ、悪くはない。まあ、以前の仕事着が似合っていないと言っているわけではないからな……！」

「ギャレット？　女性の服を褒めたいのであれば、素直に言えないと嫌われてしまうわ」

「な、す、す、好かれようと思って言っているわけではありません……！」

「素敵だと言いたいんでしょう、お顔に書いてあるわよ？　もっとも、口にした言葉のままが本心であれば失礼甚《はなは》だしいんだけれど……フェリクスには素直なのに、どうしたの？」

「フ、フレヤ様、そのあたりにしていただけると私も助かります」

ギャレットが悪口を言うつもりではないのは理解しているし、顔が真っ赤になっているあたり女性に感想を言うのにも慣れていないのは察しがつく。そのうえ、和解したとはいえ、以前散々に言った相手を素直に褒めることなど難しいと思う。

「ああ、そうです。お土産、お持ちしたんです。もしよろしければ」

「まあ、シャルロットさんのお菓子？　どういったものかしら？」

「今日はチーズブッセをご用意させていただきました」

表面はサクサクしながらも柔らかいブッセの生地に、生クリームとクリームチーズに少し塩気のあるチーズを極々《ごくごく》小さなダイス状にして加えたフィリングは、なかなかの自信作だ。

「それはとても美味しそうだわ」

「先日、フレヤ様が緑茶を気に入ってくださったようでしたので、少量ですが茶葉もお持ちしております」

「まあ、ありがとう。では遠慮なく一緒にいただくわね。イザベラ様に自慢させていただくのが今から楽しみだわ」

そうしてバスケットを手渡したとき、再度侍女が戻ってきた。

「奥様、フェリクス様がお戻りです」

「ああ、ちょうどいいわ。シャルロットさん、一緒に行きましょう？」

「はい」

「ギャレットもお部屋に戻って大丈夫よ」

「はい、母上」

ギャレットはフレヤに返事をすると、じっとシャルロットに視線を向けた。

「……似合ってる」

それは聞き間違いかと思うほど、小さな小さな声だったが、耳まで真っ赤にして通り過ぎたあたり聞き間違いではなかったのだろう。

そして逆にシャルロット自身もまた、さらに恥ずかしくなってしまった。


その後、フレヤと共にエントランスホールに向かうと帰ってきたばかりのフェリクスがいた。

「母上、ただいま戻りました。こちらで待つように言われたのです……が……」

「おかえりなさい、フェリクス。待ってましたよ、シャルロットさんが来てくれているの」

「お帰りなさい、フェリクス様」

しかし、シャルロットが声をかけてもフェリクスは目を瞬かせたままだった。

(あれ……？　私、何か間違えたかな)

確かにここはシャルロットの自宅ではないので、お帰りなさいという言葉に違和感があるのかもしれない。

やっぱりお疲れ様の方がよかったかと思っていると、フレヤがシャルロットの両肩を掴《つか》んだ。

「見て、フェリクス。私がシャルロットさんにお贈りさせていただいたの。とても似合うと思わない？」

「ええ、驚くほど似合っています」

そう言いながら柔らかく笑うフェリクスを見たシャルロットは、もしここにフレヤがいなかったらからかうのはやめてほしいと絶対に言っただろう。しかし、今は送り主の目の前だ。似合うと言ってもらっているのに、否定する言葉を自分が発するわけにはいかない。

（でも、待ってくださいよ……！　その表情はさすがにびっくりしますって！）

もともと整った顔立ちをしているのは理解しているし、むしろそれで見慣れているはずなのだが、どうも正面で見ると気恥ずかしくなるくらいの表情で、思わずシャルロットは顔を背けた。

しかしその返答にフレヤは非常に満足したらしい。

「じゃあ、フェリクスも早く出かけられるように着替えていらっしゃい」

「「え？」」

「何二人とも驚いているの。ちょうどご飯時よ？　よければそのままお食事でもしてらっしゃいな」

不思議そうにフレヤは言っているが、シャルロットにとってはあまりに予想外だった。

「いえ、その。私、今はあまりお金持っていなくて……!!」

「大丈夫よ、フェリクスも財布と後輩にごちそうできるくらいの甲斐性《かいしょう》は持っているわ。本当はうちでお食事を一緒にどうかしらと言いたいところなんだけれど、これだけ可愛らしく着飾ったのに、外を歩かないなんてもったいないんじゃない？」

「え、でもフェリクス様のお食事も用意されているのですよね……？　申し訳ないですしお帰りになったばかりでお疲れかと……！」

「大丈夫、この子の分が不要になったところで、使用人たちが喜んで食べるだけよ。むしろ、感謝されるわ」

自分の心配事をことごとく粉砕《ふんさい》するフレヤに対しシャルロットがほかに言えることはそう多くはなさそうだ。もはやここは自分の意志ではなくフェリクスに任せたいと思い視線を向ければ、フェリクスは苦笑していた。

「確かにその通りですね。シャルロット、悪いがすぐに用意するからしばらく待っていてくれるか？」

「あ、はい」

本当にそれでよいのかという疑問はあったが、残念ながら今のシャルロットにそれ以外の返事は用意されていなかった。

宣言通り手早く着替えてきたフェリクスとともにシャルロットは馬車で侯爵邸をあとにした。

「母上に捕まってから、結構長かったんじゃないか？」

「いえ、そんなことありませんよ。でも、とても素敵な贈り物をいただいて恐縮です」

「かしこまらなくていいさ、母上があれだけはしゃいでいるのを見るのは久しぶりだったから。あまり服に興味を持たない息子ばかりだから、余計に嬉しかったのかもしれない」

「それなら、私も嬉しいです」

「ところで、何を食べたい？」

「……実は私、あまり夜に外で食事をとったことがないんですよね。だからよくわからなくて」

「そうなのか？　……いや、確かに冷静に考えればそんな時間はないよな。美味いものばかり作るから、その辺りも一通り調査済みかと」

「それは光栄ですけれど、学生時代はアルバイトの賄いや寮の食事がありましたし、仕事を始めてからはなかなか一人じゃ行きづらいのもあって。昼間だと全然気にしないんですけどね」

一応エレノアなら誘えば来てくれると思うのだが、一人だけ誘って他の幻獣たちを誘わないのはどこか申し訳なさもある。しかし、外見的には通常の動物であっても動物同伴で入店可能な店がどれほどあるだろうか。

それに、口にはできないがやはり費用面での問題も少なくはない。なにせ、皆よく食べるのだ。嬉しいことだが、懐《ふところ》事情的には非常に厳しい。

「じゃあ、俺が勝手に選んでも構わないか？」

「よろしくお願いします。あ、お代は後日お支払いしますので」

「母上も言っていただろう。後輩に奢《おご》るくらいの甲斐性はさすがにある」

「いや、ほら、私も社会人ですし気になりますって」

そんなことを言っているうちに、街中に到着した。

慣れない靴だろうからと申し出てくれたフェリクスの手を借りながら馬車を降りたのちしばらく歩くと、どんどん煌《きら》びやかな通りになっていく。上品そうな人ばかりが目に付き、自然と緊張してしまう。

「あ、あの……どちらに？」

「その服装で酒場になんて連れていけないだろう？　どこのお嬢さんを誑かしてきてんだってからかわれる」

「そ、そんなものですか？」

「ああ、そんなもんだ。この先に何度か行ったことのある店がある。グレイシーも観劇帰りに寄ることもあると言ってたし、シャルロットの口にも合うと思う」

「まあ、グレイシーが？　それは楽しみです」

グレイシーの名前が出て、シャルロットは少し緊張が解けた。けれど、緊張しすぎていたがゆえに頭から抜け落ちることもある。

たとえば、そのグレイシーも非常にお嬢様だったということだ。

「ついたよ」

「あ、あの……フェリクス様？　本当にここですか？」

目の前の店は、非常に煌びやかだった。

惜しげもない明かりが漏れる店は、ワンフロアあたりの広さもある。おそらく中に入ればシャンデリアでも吊ってありそうだと思ってしまう。

シャルロットの質問にフェリクスは笑顔で答えた。

「では、エスコートさせてください、お嬢様」

「そ、その呼び方は恥ずかしいです」

「でも、今のシャルロットなら不自然じゃないだろう？」

大したことではないと言う雰囲気で進むフェリクスだが、シャルロットも任せるといった手前ダメだとは言いづらい。

（で、でも一人じゃ絶対来られないところだし……人生経験っていう意味では大事だよね……？）

そう自分に言い聞かせ、歩きながら深呼吸をした。少しフェリクスに笑われた気もするが、緊張が過ぎるので確認はできない。

「これはこれは……。ようこそいらっしゃいました、ランドルフ様」

「今日は個室は空いているか？」

「ええ、ございます。では、特別室へご案内させていただきます」

特別室という単語に驚くが、ウェイターもフェリクスも平然としているのでシャルロットも平静を装ってついていった。

特別室は思ったよりも落ち着いたシンプルな個室だった。

（あ、でもあまりゴテゴテしていたら落ち着いて食べられないよね）

しかし調度品は高そうで、飾り付けられている生花も観たことがない綺麗な花だ。

思わずそちらをじっと見ていれば、「気に入ってくださったのでしたら、お帰りの際に差し上げますので」とウェイターから優しく説明がある。

「では、こちらがメニューでございます。お決まりの頃、お伺いに参ります」

そうしてウェイターは部屋から出た。

「ほら、メニュー。ここなら、人目を気にせず食べられるだろ？　防音もしっかりしてるし」

「そうですけど、特別室って聞いたらびっくりしましたよ！」

「ああ、ここ、個室の半分は特別室って言われているだけだから気にするな。何にする？」

気にするなと言われても問題点はそこではないと思うのだが、注文を取りに来られたときにまだ決まっていないというのも非効率的だ。そう思ってシャルロットはメニューを開いたが、メニューにはいずれも値段が表記されていなかった。

（やっぱりこういうお店だよね……！）

実際は前世を合わせてもそんな店は初めてなのだが、店の雰囲気を見ていると察しがついてしまったのだ。

「……あの、フェリクス様と同じものをお願いしてもいいですか？」

「それでいいのか？　飲み物はどうする？」

「ええっと……そうですね、水をお願いします。一番食事の味の邪魔にならないと思いますので」

せっかくなのだ。

少し興味がある飲み物もあったが、滅多に味わうことができない料理をしっかりと味わいたい。

「わかった」

そうしているうちに、注文を取りにやってきた。

フェリクスは『いつものを二人分、飲み物は水で』と注文したので、シャルロットは思わず首を傾げた。

「どういう内容なんですか？」

シャルロットの質問にはウェイターがにこりと笑って答えた。

「本日のお任せコースは前菜のアルティの貝柱と茜魚《あかねうお》のスモークから始まりまして、ファーマ鶏《どり》のサラダ、天空海老の黄金スープ、白岩魚のオレンジソース、双角竜のステーキとなります。パンはバゲットとクルミパンの二種類です。お食後には、紅茶と季節の果物をご用意いたします」

「お、おいしそうですね……！」

反射的にそう言ったものの、何かの呪文のようなものを聞いてしまったとシャルロットは思った。

ただ、一つ一つの食材は耳にしたことはある。

（え、ファーマ鶏って、あのブランド鶏だよね？　サラダに使っちゃうの⁉　天空海老って、伊勢海老みたいなサイズの海老だよね、魚屋さんで見たけどなかなかの値段なのに、スープ……⁉　白岩魚と双角竜に至っては見たことない……というか、一般の店だとなかなか手に入らないって聞いたことあるんだけど！）

シャルロットがそんなことを思っている間にウェイターは退出した。

「フェリクス様」

「ん？」

「私、今日は本気で食事を楽しませていただきますよ！　こんな珍しい食材のオンパレード、しっかり味わわないと罰が当たってしまうじゃないですか‼」

防音であることをいいことに、シャルロットは心の底からの想いを宣言した。

それだけ貴重な食材が使用されているのだ、きっと料理自体も食材を知り尽くした人が調理しているに違いない。

「今日は、本気で勉強させていただきます」

「ぷっ」

「え、なんで笑うんですか！」

「いや、やっぱりシャルロットはシャルロットだと思って。しっかり糧《かて》としてくれ」

「はい！」

それから、運ばれてきた食事はどれもこれも美味しかった。

前菜のホタテに似た貝柱は軽くあぶってあり、格子状の模様が食欲をそそっていた。茜魚のスモークは、独特の香りが食欲を増幅させ、さらに添えてあったクリームチーズがよく合っていた。

ファーマ鶏はむね肉のハムを使用したサラダだったが、パサつきはなく、味わいだけが残っていた。スープも海老そのものの味が濃縮され、しかし口当たりよく飲みやすい。

メインの二品もさっぱりしたソースが合った白身魚に、肉汁たっぷりのステーキがとても対照的だった。ステーキはワサビに似たものと岩塩で食べるシンプルなものだが、それが旨味を最大限に感じられるように計算されているようだった。

「お、美味しかった……この紅茶も、すごくいい香り。学生自治会室を思い出します」

「楽しんでもらえたなら何よりだ」

「一人だと絶対こんなところ来られないですもん。ありがとうございます。シンプルに素材の旨味を最大限に引き出す大切さも再認識させていただきました」

前世の和食にも通じる心だと思いながら、シャルロットは新しいメニューに素材を生かしたものをできるだけ取り入れようと決心した。

だが、今は考えるより余韻《よいん》に浸りたい。

「楽園……。口の中が、楽園でした」

「喜ばせようとは思っていたけど、そこまで喜んでもらえたとは想定外だったよ」

「私だってこんなに幸せが詰まってる場所だっていうことを想像できていませんでした。本当、やっぱり冒険って大切ですね」

美味しいものを食べれば顔は自然と笑ってしまうんだと再認識しながら、シャルロットは紅茶を飲む。やはり、味わい深かった。

「ただ、今シャルロットが思っていることは、お前の店に行った人たちも大概思っていることだけどな」

「え？」

「こんな料理が存在するのか、アイデアがあるのか。素材を生かすという意味では、今まで誰も考えなかった素材の扱い方をするお前は皆の注目の的だ」

「そう……ですか……？」

「ああ。シンプルな美味さも大切だけど、安価であれだけの人たちを楽しませるよう、素材を生かす技術も、その……楽園？　を招くんじゃないか？」

「え、その、ありがとうございます」

「俺も凄く美味かったと思ったけれど、ここにお前の菓子をシメで食べられたらもっといいだろうなと思ったけどな」

そう言って笑ったフェリクスに、シャルロットも笑った。

「あ、世辞じゃないからな」

「ええ、わかっています。フェリクス様はずっと好んで食べてくださっていますもん。……というか、こんなところで常連さんみたいな状態なのに、うちでご飯をたくさん食べてくださってるのを実感したら、自信が湧いてきましたよ」

前から思っていたことではあるが、シャルロット自身は高級な料理とはもともと距離があったので想像するだけだった。けれど、口にして理解した。こういう料理に慣れ親しんでいる人も、自分の店を好んでくれている。それを思えば、自信だってより深くなる。

「そっか。ところで……話はまったく変わるんだが、今日は母上とは約束はなかったんだよな？約束しているなら、母上は昨日からそわそわしていただろうし」

「ええ。フェリクス様にお手紙をお渡ししようと思っていたところ、たまたまフレヤ様にお会いしまして。そうしたらそのまま流れで……」

「やっぱり俺への用事か。絶対うちで食おうって提案しそうな母上が外に行けって押し出す勢いだったから、あんまり外に聞かせない方がいい話かと思ったんだが……って、手紙？」

「はい。いつお戻りかわからなかったので、お預けして帰ろうかと思ったのですが……。でも、直接お話しさせていただきますね」

なにより、あの抽象的に書いた手紙はややラブレターのようで恥ずかしい。

「実は、ベーレ山のふもとに大狼が出ているとお客さんから噂を聞いたんです。もしかしたらメルさんが言っていたことも関係するんじゃないかと思って、調査に行きたくて」

「大狼？　そんなものが？　ベーレ山に出たことがあるなんて、聞いたことがないな……」

「ええ。証拠はなくあくまで噂なので見間違いかもしれないということですけど、念のためにと思って。ただ……その、大狼の活動時間は夜ですから、六日後の定休日の前日に行こうかなと。幸い、その日は満月ですので、いるのであれば普段より活発に活動するかと」

シャルロットの言葉に、フェリクスも顎《あご》に手を当てた。

「確かに、気にはなる。わかった。俺も行く。仕事が終わってからで間に合うか？」

「はい。クロガネに乗っていく予定なんですけど」

「ああ、馬よりよほど早いもんな。俺も相乗りさせてもらう。……しかし、確かにこの話をうちで食事しながらっていうのは無理だな」

そう言いながら、フェリクスも紅茶を手に取った。

「さて、そろそろ出ようか」

「……ところで、お会計は」

「後日うちに請求にくるから、そのまま帰って問題ない」

「えっと……ごちそうさまです……」

額がわからなければ自分の分を支払うことはできない。

最初からフェリクスは奢るつもりでいたことはわかっているが、それでも最後の抵抗を示そうとしたのだが……どうやら、フェリクスのほうが一枚上手であった。

「家までは歩きでも問題ないか？」

「はい。でもフェリクス様もお疲れでしょうから」

「いや、送る。というか、ここで放り出したらだめだろう」

呆れられた調子で言われたが、言われてしまえば『ですよね』と思ってしまう。フェリクスはそういう性格だ。

店を出てから進んでいくと、徐々にいつもの街並みが目に入ってくる。

ただ、違うのはいつもより遅い時間帯を歩いているということだ。酒場の賑《にぎ》やかな声も零れてきている。

「こういうところは、いつもの格好で、だな」

「また一緒に行ってくださいますか？」

「ああ。美味い骨付き肉の店をこの間見つけたから、紹介できる」

「フレヤ様がおっしゃっていました。フェリクス様はお父様に似てお忍びが大好きだと」

フェリクスの父親にはまだ会っていないものの、やはりフェリクスとよく似ているのだろうなと思いシャルロットは少し笑う。

「あれ？　なんだか、あそこ人だかりができていますね」

「酒場の店先のようだが……行ってみるか？」

あまり寄り道する時間ではないかと思いつつも、すぐそこだ。

少しだけと思い、シャルロットはフェリクスとともにその人だかりに近づいた。

「よし、いけ！」

「あーっ、またこの人も負けるなぁ」

「今日もやっぱり全勝かねぇ？　今で八人目だっけな？」

それらの声は、すべて小さな一つのテーブルに向けられていた。

「えっと……腕相撲？」

「そうみたいだな」

まさか腕相撲で盛り上がっていたと思っていなかったシャルロットが思わずこぼすと、それを見た近くの男性が笑った。

「おう、さすがにお嬢ちゃんが参加するのは難しいな。実は皆、一攫《いっかく》千金をかけて腕相撲に挑戦しているんだ」

「一攫千金ですか？」

「おうよ。参加費は金貨一枚。勝者はあそこにある宝石を持って帰っていいという寸法さ。あの傭兵が遺跡の探索中に見つけたらしいが、売るよりこっちのほうが面白いって言ってここ数日やってるんだよ。まあ、さすがに疲れるから一日十人までってけち臭い人数制限をかけてるがな」

　男性が指さす先にはまくり上げた袖から堂々とした筋肉を見せつけている主催者と、なかなか立派な宝石が鎮座《ちんざ》していた。

　何の石なのかはシャルロットにはわからなかったが、それは黄緑色で、まるで中から光が零れているかのような不思議な雰囲気を持つ、森のような石だった。

「へえ、面白そうだな」

「なんだ、兄ちゃんやる気か？　いいとこのボンボンなら、怪我すると大変じゃねーか？」

「安心してくれ、いいところのボンボンがこんなところをうろついていない」

「ははは、それもそうだな！」

　そう言いながらフェリクスは上着を脱ぎ、シャルロットに渡した後、主催者であろう男のもとに向かった。

「まだ受付は大丈夫か？」

「あたりめーだろ！　なんだ、ずいぶん若い兄ちゃんだが怪我しても知らねぇぞ？」

「安心してくれ、それなりには鍛えている」

「まあ、兄ちゃんのような細身なら人数に入らねぇ。かかってきな」

ラッキーだったと言わんばかりの男に対し、フェリクスは笑みを深くした。

（……いや、あれ、ちょっとイラっとしているな）

しかし周囲も『怪我させちゃいけないだろー！』といったヤジを飛ばしているあたり、圧倒的に主催者が有利だと思っているようだ。

（でも、フェリクス様が無謀な挑戦をするタイプじゃないのは知ってる）

だから、シャルロットは深く息を吸い込んだ。

「フェリクス様！　頑張ってください！」

それは周囲のヤジに負けない声量で、主催者もフェリクスも目を丸くしていた。

「お前……女の声援なんてずるいだろう。絶対負かしてやる」

「こちらも後輩の前でみっともない姿をさらすわけにはいかなくなったようだ」

余裕ぶった表情から闘志を滾《たぎ》らせる主催者と、笑いを堪えるようなフェリクスは互いに手を組んだ。手を組めば両者の目は真剣だ。

そして開始の合図が出されると、じりじりと、しかし一回も自分のほうに腕が傾くことはなく、フェリクスが主催者の手の甲をテーブルにつけた。

「兄ちゃん……なんて馬鹿力してんだ……‼」

「悪いな、見た目より力があるほうなんでな」

フェリクスは肩をほぐすように腕と手の先を軽く振り、宝石を手に取った。

周囲は呆然としているが、突如静寂は歓声の渦《うず》に変わった。

「嘘だろ、こいつこれまで百日間負けなしだぞ⁉」

「兄ちゃん、いったい何して鍛えてるんだ！」

「うおおおお、俺の小遣い稼ぎ……‼」

それぞれの叫びの中、フェリクスは戻ってくるとシャルロットに宝石を渡した。

「ほら」

「って、ええ⁉」

「楽しそうだったけど、さすがに俺に宝石の使い道はない」

そう言いながら上着を羽織りなおしているフェリクスに、さらにヤジは大きくなる。

「かっけー兄ちゃんだな！」

「いっそソレをプロポーズの贈り物にしてしまえよ！」

「さらっと勝ちながらそんなことを言ってみてぇ……くうう、俺も鍛えるか！」

「よかったな、嬢ちゃん！　たしかにその兄ちゃんより嬢ちゃんのほうがソレに合うわ！」

そんな言葉を聞きながらも、シャルロットは宝石とフェリクスを何度も見比べた。

本当に問題ないのだろうか？

「じゃあ、帰るか」

「あ、はい！」

そうして歩き出したフェリクスにシャルロットは小走りで慌てて追いかけた。

シャルロットに合わせた速度だったので、すぐに追いつく。

「フェリクス様、あの、ありがとうございます。本当にいいんですか?」

「ああ。さっきも言った通り、どうせ俺に似合うものじゃないし。まあ、加工しないと使いにくいだろうけど、何か欲しいアクセサリーでもできたら使ってくれ」

「本当にありがとうございます。でも、さすがにもらいっぱなしだっていうのも気が引けますし……何か、ご希望とかありませんか?」

フェリクスはいらないと言っているものの、もしかしたら自分が宝石に魅かれているように見えたから腕相撲に参加したのではないかとも思ってしまう。

「いつも飲食させてもらってるから、気にしてないけど……そうだな。年末に騎士団で武術大会があるんだ。公開の大会で、俺は剣術部門で出場する」

「公開の大会なんですか? じゃあ、応援行けますね」

「ああ。そこで今日みたいに応援してくれ。正直、面白かった」

「え、面白……?」

今日のような応援というのはわかる。

しかし、面白いというのはわからない。

(え、だって私、普通に応援しただけだよね……?)

もしや気づかないだけで、なにか普通の応援の作法と異なるものがあったのだろうか？

ただ、それでもフェリクスが同じように応援と言っているのだから、今日のもので間違いないのだろう。

「わかりました。そんなことでよければ、いくらでも！」

「ありがとう、楽しみにしてる」

「応援が？」

応援を楽しみにするというのはどういう具合なんだろうと思うものの、何かがツボに入ってしまったらしいフェリクスはくつくつと笑うばかりだ。

「まあ、それよりも先に六日後だな。ベーレ山。何もなければいいのか、何かあった方がいいのか。迷うところだな」

「……ええ。その通りですね」

こうして楽しい日々を過ごすためにも、懸念《けねん》は早く取り除くに越したことはない。

しっかりと調査しようと、シャルロットは決意し、もらったばかりの宝石を強く握った。

第七話　結界

六日後の夕方。

店を終えたシャルロットはフェリクスと軽く夕食をとった後、ミラを伴いクロガネに乗ってベーレ山へと出発した。

エレノアは置いていかれることに不満を言っていたが、クロガネから『光の精霊は夜だと戦闘力が落ちるうえに、主君の魔力を通常より多くもらうことになるだろう。ただの荷物になる』と指摘され、渋々《しぶしぶ》納得していた。ただしエレノアからはクロガネにはシャルロットに何かあれば許さないということと、シャルロットには本当に猫の手でも借りたいと思ったときには呼べるように召喚陣を描いた布を携帯するように念押しされたが。

道を進むごとに徐々に辺りも暗くなり、山に到着した頃には星が見事に輝いていた。

「ひとまず到着ですね」

「相変わらずクロガネ様の乗り心地はすごいな。毛並みも堪能させてもらって得をした気分だ」

クロガネから降りシャルロットが背伸びをしている間に、フェリクスがしみじみと言った。

それを聞いたクロガネは胸を張る。

『お褒めいただき光栄です。一応、道中では周囲を確認していましたが、現時点で気になるほどの魔物の反応はありません。しかしここからはやや道が狭くなりそうですので、小さき姿で失礼いたします』

そう言うとクロガネは豆柴の姿になった。

『私が元のままの姿では、その大狼というものは出てこないでしょう。異変発生時には一瞬で元の姿に戻り、臨戦態勢をとりましょう』

「わかった、よろしくお願いね」

同時にシャルロットの肩にフクロウ姿のミラが留まる。

『では、山へ入りましょうか。周囲の警戒は夜目がきく私にお任せください』

そうそれぞれが言ったので、シャルロットは頷いた。

「この山の西側は岩場や草原地帯が多いので、大型種が隠れるにはあまり向いていないと思います。東側も似たような場所はありますが、隠れられる木も多いそうで。現時点の噂では何度も目撃されたというわけではないようですから、身を隠せる東側からの捜索がいいかなと」

「同意見だ。東側だっていうなら、もう少し目撃数があってもよさそうだけどな。あそこは街道からもよく見える」

「じゃあ、行きましょうか。……ちょっと歩きにくそうなところですけれど」

とはいえ、足元が悪い場所など学生時代から歩き慣れている。

地面はある程度フェリクスの魔法で照らされているし、三体に分裂しているクロガネもしっぽの先に光を灯《とも》しているので、全く見えないわけではない。ただし遠くまで見えるかというと話は別なので、周囲の動きに気を配ってくれているミラが大変役に立っているのだが。

「ここ、滑りやすいから気を付けたほうがいい。斜面側の木の根を踏んだ方が安全そうだ」

「わかりました。しかし、本当にハイキングには向いていない場所ですね」

「ああ。この先、見事な岩場だな」

「……フェリクス様、クロガネを二匹ほどしがみつかせていただいてもかまいませんか？　私は一匹で」

　こういった具合で進むこと、半時ほどが経過した。

　これまで背の高い木々が続いていたが、それが途切れて岩場へと出た。

　浮かんでいた汗が風に撫でられる感覚が気持ち良い。

「……一度休むか。山の頂上はまだだが、なかなか高いところに上がってきているな。っていっても、別に上を目指しているわけでもないが」

　そう言いながら適当な石に腰かけ、フェリクスは持ってきた水を飲む。シャルロットもそれを見ながら、同じように水を飲んだ。

『実はこの山に来てから、道中の起きている鳥に話しかけたりしてたんですけど……今日、それらしい魔物を見たっていう子はいないみたいなんですよね。ただ、確かに前にそれっぽいのを見た気がするって言ってる子はいたんですけど。そもそもそんなに広い範囲を動く子たちじゃないから、山のどこかにいるかもって』

「……すごいですね、ミラさん。その調査方法。琥珀も鳥さんと話ができるし、鳥さんの形になれる幻獣さんはみんな鳥さんとお話できるのかな？」

「なんて言っているんだ？」

「ここに来るまでに会った鳥に聞いてみたら、今日はそれらしい魔物を見た子はいないって言ってるんです。ただ、山の全範囲を把握しているわけではないそうなのと、前に見たことはあるかもって」

「そうか。まあ、魔物自体に用があるわけではなく、なんの原因があるか見に来たんだから構わないが。今はいないとしても原因は残っているかもしれないし」

「ええ。……ところで、フェリクス様。今さらですけど明日のお仕事は大丈夫ですか？」

「午前は休み。午後から出勤で当直勤務」

「……それって、明日夜勤ってことですよね？　適当なところで切り上げて帰りましょうね。もしくは帰り、クロガネの上で寝てください。大丈夫です、落としませんから」

調査の結果、過労で倒れさせるようなことがあれば大問題だ。

しかし、フェリクスは笑っている。

「安心してくれ、そんな一日で倒れるほど柔《やわ》なら騎士にはなってない」

「私にそれを察してくれって言われても無理です！　でも、まだもう少し探りますよ……って、あ」

思い切りフェリクスのほうを向いた反動か、シャルロットが持ってきた水筒の蓋《ふた》が手のひらから転がった。

シャルロットはそれを慌てて拾う。背丈は低いが、草が茂っているので中に落ちてはなかなか見えにくい。

「大丈夫か？　これで見えるか？」

「はい……って、あれ？」

「どうした」

「いえ、なんだか毒草が見えるんですけど」

フェリクスが照らしてくれたおかげで蓋は見つかったが、それよりもその草の方が遙かに問題だ。

「は⁉　おい、触れて問題は……」

「大丈夫です。抽出液を摂取すれば影響ありますが、触れただけでどうにかなるようなものではありませんので」

慌てるフェリクスに、シャルロットは冷静に伝えた。

「私も故郷にいた薬師の方の蔵書で見ただけなのですが、葉の内側から外側にかけてやや白いグラデーションがかかっているという特徴が見られます。葉の形からも、これは幻覚作用を生じさせる、比較的依存性の強いノディドという草だと予想しますが……この草、人の手を借りずにここまで成長する草ではないんですよね」

ノディドは本来繁殖力が弱く、葉の茂りも貧弱で、葉よりも無害な花のほうが立派とされている。

しかし、今シャルロットの前にあるノディドは肘から指の先までの高さはあるだろう。

「加えて言うと、ノディドは自然に発生した植物ではなく、異種交配で痛み止めを作ろうとしていたときに生まれたものだったはずです。しかし、副作用があまりにも大きく、すぐに育成も使用も中止になったと本では読みました。強い草じゃないので自然界ではすでに淘汰《とうた》されているだろうと推測されると記載されていましたが……。どうやら、摘んでいるひともいるみたいです……ここ、見てください」

そうしてシャルロットが指さしたのは、葉が折られた跡だった。

「ねえ、ミラさん。この草ほかにもない？」

『ええ……驚くほど、たくさんあります。シャルロット様からでしたら、五歩進んだ先から畑のように植わっています』

その言葉をフェリクスに伝えるとその場に灯りを動かした。クロガネもそちらへ走り、尾で辺りを照らす。

照らされた場所を見て、シャルロットは頬をひきつらせた。

「……明らかに人工栽培してるわね」

まず人が登らない山だから派手に栽培されているのか。

鳥が近くにいればミラに状況を聞いてもらえるが、あいにく周囲にはいなさそうだ。

(留まりやすそうな木もないし……。そもそも鳥から見たら、草を採ったり育てたりする人間程度じゃ興味は湧かないか)

むしろ人間に近づいて利益がある鳥など、王都の広場にいる鳩くらいのものだろう。普通は近づかないので、詳しい動向など知らないと思う。

「ねえ、ミラ。もし次に鳥に会ったら、ここのあたりに住み着いている人間がいるかどうかも尋ねてくれない?」

『はい、わかりました』

「それもよさそうな案だが、それより手っ取り早くこの草を摘んだ相手を調べる方法がある」

そう言ったフェリクスは、手折られたノディドの先に指先を触れさせる。

そして何か小さく唱えたかと思うと、そこに緑色の光が宿った。

小さな点のような光はフェリクスの指から離れると、ふわふわと飛んでいく。

「どうやら、この光から察するに、この山の中にこの草の千切《ちぎ》られた相方はいるらしい」

「えっと……魔術ですか?」

「ああ。自分で魔力を追えれば便利だなと思う場面が仕事上何度かあって、できるようにした。おかげで騎士団でも重宝されつつあったりする」

そう言ってフェリクスは悪戯っぽく笑った。

しかしシャルロットも在学中は見習いだったとはいえ中央魔術学院卒の召喚師、そんな簡単に身につく術ではないのは理解できる。

理解できるからこそ、口に出てしまった。

「もう、ただただ尊敬しかありませんよ。本当に」

シャルロットの言葉にフェリクスは少し意外そうな表情を見せたものの、すぐにおかしそうに笑った。

「よし、休憩は終わりだ。出発するか」

「はい」

そこから先の道は再び木々に覆われた、星空も見えない場所だったが、、今までの道よりも少し歩きやすい場所だった。

暗いので特に意識していなければ見落としてしまうだろうとは想像できるが、蜘蛛《くも》の巣の壊れ方や草が踏まれた跡など、人が通ったと思われる痕跡もところどころに残っている。

「……実はこのところ、捕らえた犯罪者がその後精神錯乱《さくらん》に陥るような事態が何度か発生している。まるで、幻覚を見ているような様子だった」

「もしかして」

「ああ。管轄《かんかつ》ではないから詳細まではわからないが、ここで作られている物が関係しているのかもしれないな」

「それだと、なおのこと捕まえないといけないですね。山の中に摘まれたものが保管されているのだとしたら、その場所に栽培者もいるかもしれません。草を持って長距離歩くとは思えませんし、そろそろ着くといいんですが……」

そうシャルロットが言ったとき、前を歩いていたフェリクスの足が止まった。

同時にフェリクスの前を飛んでいた緑の光が強くなる。

「だいぶ近づいている。人がいるかもしれない。注意しないといけないし……これ以上、光らせるのは無理か」

そう小さくこぼしたフェリクスは途中で緑色の光を消した。足元を照らしていた灯りも光の明るさはかなり弱くしていた。それを見たクロガネも、自身の尾に灯していた光を完全に消した。

しかし、そうなると本当に周囲は見えづらい。

(ノディドを保管するなら小屋くらい期待したけれど……)

残念ながら、人工的な建物らしいものは目に映らず、期待はずれの雰囲気に満ちている。

「ミラ、この先になにか変わったものが見えたりする?」

『特になにも……とは思うのですが。申し訳ありません、シャルロット様。自信がないので、シャルロット様も私と同調してみていただけますか?』

「同調?」

『はい。少し、待っていてくださいね。見ているモノをシャルロット様にも共有します』

そう言われた瞬間、シャルロットの視界には自分が見ていた景色ではなく、少し自分とはずれた場所……自分の肩に乗るミラの位置から見たものだろう明るい景色が飛び込んできた。

そこは確かに、ごく自然な山の景色だ。人が出入りするような小屋などはない。

しかしフェリクスの光が強く反応していた以上、何かがあるはずだ。

「あれ、古墳みたいなのがある……？」

シャルロットは思わず小さく呟いた。

シャルロットから見て向かって右側に、やや土が周囲より盛り上がっている場所がある。それらの上には木々が生《お》い茂っているので、ただの土の盛り上がりであれば、シャルロットも不思議には思わなかった。そのような場所は、ここに到着するまでにも何度か遭遇している。

ただ、違ったのはそこに小さな洞穴《ほらあな》があったことだ。しかし大人であれば屈《かが》んで通れるかどうかといった程度の穴は、一見獣の住処《すみか》にはなりそうでも人間が使うには小さすぎるように見える。

(でも、ほとんど地中に埋まってるとはいえ、洞穴の左右には石があるし、その上に大きな石を置いた状態が自然に発生する確率なんて、どれほどのものかしら？)

仮にこれが古墳のようなものであれば、入り口はともかく中は広くなる。古墳でなくとも、人工的に造られたものなら、中になにかをするための空間が残っているだろう。

「……シャルロット、コフンとは何か聞いてもいいか？」

「あ……。コフンは書物で読んだものなんですが、外国の昔のお墓です。出入り口の先に、少し広い空間があることもあります」

「なるほど。コフン文化は聞いたことがないが、建築技術の一環ならここに似たようなものもあるかもしれないな」

「保管庫に該当《がいとう》しそうなものはほかにはないので……草のポイ捨てがなければ、あの中ですね」

そう言い終わると、シャルロットとフェリクスは顔を見合わせて頷いた。慎重に進み、古墳らしき洞穴のすぐ脇に身を寄せる。

中から人の声はしないが、物音は聞こえてくる。

加えて中が暗くて見えないと思っていた洞穴の入り口には、遮光《しゃこう》仕様らしき布があてられて光が漏れないようになっていた。

(間違いなく、人がいる)

遮光用の黒い布のおかげで中の様子は確認できないが、物音は継続しているので、シャルロットたちが近づいていることにはまだ気づいていないようだ。

(さすがに人目を避けるための布ではなさそうだし……動物除《よ》けかな)

短期間であれば動物も『見慣れないもの』として警戒するだろうが、ずっとそこに住んでいれば近寄られる可能性も低くはない。

(あとは、灯りで虫を呼び込みたくないっていうことくらいかな)

しかしここでじっとしていても埒《らち》が明かない。奇襲をかけたいところではあるが、中の状況がわからなければさすがに無謀だ。それに、中で戦闘が起きた場合、崩れないかという心配もある。

『あの……シャルロット様、中にいる人間が起きているから、今、困っているのですよね？』

声に出すのははばかられるので、シャルロットは頷いて返答をする。

『もしよろしければ、私が眠らせましょうか？』

思わぬ申し出にシャルロットは目を丸くした。

『実は最近、歌を通して魔力を扱う能力が少し向上したようで。やっぱり、ほかのハーピーたちとは少し違う歌い方ですが……たぶん、お役に立てると思うんです』

自信をもって口にしているあたり、すでにどこかで試しているようだ。何よりあまり自信を持っていなかったミラが自分から言っているのだ。大丈夫だという確信があるのかもしれない。

それなら、任せるのが最善だろう。

『耳を塞《ふさ》いでいてくださいね。できるだけ、音がシャルロット様たちに向かないようにはしますが、影響がないとは限りませんので』

そうシャルロットに言ったミラはフェリクスのほうへと飛んでから、人型になった。そしてジェスチャーでフェリクスに耳を押さえるように伝えている。クロガネもそれに倣《なら》って耳を押さえると、ミラは大きく息を吸い込んだ。

そして歌うミラの姿は、周囲に淡い光を漂わせ、とても幻想的だった。

思わず手の力が緩んだので、シャルロットはあわてて押さえる力を強くした。耳を塞いで、ミラが方向を制御していても、ほんの僅かにその声が聞こえてくる。

(本気のミラって、凄く綺麗。そして……本当に心地のいい音色だわ)

そうして魅了されているうちに、ミラは歌を止め、フクロウの姿に戻り、フェリクスの肩に留まった。それでミラの仕事が終わったと判断したのだろう、フェリクスも耳を塞いだ手を外す。

『おそらく、既《すで》に眠っているはずです』

(確かに、中からの音は止んだ)

フェリクスが鞘に収めたままの剣で、布をずらした。

そこには屈んだままなら何とか進めるような、細く短い通路が現れた。奥で蝋燭《ろうそく》の火でも灯っているのか、光が見える。

「先に行く」

そう言いながら、フェリクスが進んだ。いくつか何かを唱えていたので、念のための防御魔法をかけたようだった。

『私はここで見張りをしておきます。何かあれば、すぐにお伝えいたしますね』

「ありがとうミラ。じゃあ、行こうか、クロガネ」

シャルロットもクロガネとともにそれに続く。

そして進んだ先は、思ったよりも広い空間だった。面積にして六畳ほどはあるだろう。ところど

ころ剥がれてはいるが、壁は石壁になっている。あと、ほんの少し空気がこもっている……という
よりは、何とも言えない草のにおいで満ちていた。
そして、眠り込んでいる男が二人。少なくともノディドの栽培に関わっていることは、部屋の中
を見ても明らかだ。
「……まあ、これ、捕まえても問題ない人ですよね」
「むしろ捕まえないとまずいな。……ここまで抵抗しない悪人を捕らえるのは初めてかもしれない
が」
そう言いながらフェリクスは少し辺りを見回した後、男たちの荷物から太い縄を選び、手際よく
縛る。そしていつか見たときと同じように、魔術で伝言用の鳥を作り出して飛ばしていた。
「……予定では調査のはずだったんだがな。何故こんなところにいたのか聞かれそうだ」
「じゃあ、採集活動の手伝い……っていうのは、泊まり勤務の前の日にすることじゃありませんよ
ね」
「いや、たとえ休みの前日でもこんな時間に女性を連れてうろついていたら普通に疑問を抱かれる
と思うんだが」
「……そう言われてみれば……そうみたいな？」
あまりそこを意識していなかったので、少し意外なような気もしてしまった。そういうつもりが
互いになくとも、外観ではどういう交友関係かはよくわからない。

（侯爵家の跡取りさんに変な噂がつくのはよくないな……）

シャルロットは比較的自分が何と思われてもあまり気にしないほうだと思うのだが、人に迷惑をかけるのは申し訳ない。

「ええっと……、うまく説明できる方法を思いつかれましたら、私も全力で協力しますから！　フェリクス様が困らないようには絶対しますから！」

「……。まあ、説明は今すぐっていうわけではないんだ。それに、そこそこ口は達者なほうだから安心してくれ」

そう言いながらフェリクスは肩をすくめた。

「まあ、今はそれよりもここをもう少し調べる必要があるな。メルの件じゃなくて申し訳ないが、この二人とつながりがある者についての証拠も残っているかもしれないし」

「ですね。急を要するものを放っておくわけにもいきませんし」

そう言いながら、シャルロットも何か残っていないかと奥にあった、籠に入った収穫済みのノディドを見た。

（ノディドが栽培されているのはさっき見た場所だけではなさそうね。あそこだけじゃ、こんなに収穫できない）

これは本格的な山全体の捜査が行われそうだなとシャルロットは思いながらも、いったん横にどけた。籠の下には特に新たなものは何もない。

（じゃあ、とりあえず籠の中も見てみるかな）

そう思いながら籠の中を漁《あさ》ると、小さなメモが入っていた。

「もしかして取引先とか……？」

「何かあったか？」

「はい、名前と金額でしょうか？」

よくわからないのでフェリクスに渡そうと思ったが、そこでメモがシャルロットの手から落ちた。

あわてて拾おうと屈むと、その紙は滑り、そして吸い込まれるように壁の奥へと消えた。

シャルロットとフェリクスは顔を見合わせた。

「……隠し部屋ですかね？」

「あ、ああ」

ただし壁に動かした痕跡等はない。だとすれば、男たちも気づいていないものだ。

『……主君。先程から、この先から僅かだが異界の香りがしている気がする。あまりに草のにおいが強く、だいぶわかりにくくはあるのだが』

「クロガネが、この先に異界の香りがするって……」

「どうやって開けるか、ってことだな。……だが、ドアらしいものも見当たらないし……下手したら壊れないか？」

「同意しますね。魔術でこのあたりを強化して、クロガネに強行突破で壁を開けてもらうっていうのはどうでしょう?」

「……さすがに、あの紙に幻覚剤の関係者が記載されているとなれば、無視もできないしな……」

『私は問題ございません。元の姿に戻るにはこの場所は狭すぎますが、小さき姿でも、同時に体当たりをすれば本来の力と同等のものが出せますから』

ならばやるしかないかと思い、シャルロットは頷き、フェリクスが魔術を使った。

すると、急に壁に青い光が走った。

「え!?」

「この光、魔力に反応しているな。もしかして、ここは古代の魔術の……祭壇かなにかか……?」

フェリクスの言葉にシャルロットは驚いた。

(祭壇っていうなら……壁、無暗《むやみ》に壊さなくてよかった……!!)

壁の文様は、通り道をかたどっているようだった。

そして中央部に、手形のような跡が浮かんでいる。ただし確かに五本指ではあるが、人の手にしてはやけに太いし、手のひらの部分が小さい。

「……これ、人じゃなさそうな。異界からのにおいがするということは……幻獣さんの手形かな」

『ならば、我が押しましょう』

クロガネの立候補に従い、シャルロットはわきを抱えて持ちあげた。

ぺたっと肉球をそこに当てると、壁が消えて通路が現れる。

「……開いた」

「あっさりだったな。……まあ、無理に突撃して部屋が崩れるようなことがなくてよかった、ということか？」

「えっと……クロガネ、悪いんだけどここで少しこの人たちを見ておいてくれるかな？　起きちゃうとまずいし」

これだけ話をしていても起きないのだから大丈夫かとも思うが、断言はできない。シャルロットの依頼をクロガネは快く引き受けた。

そしてシャルロットとフェリクスはさらに奥に進んだ。

通路の奥には、同じような六畳間の部屋があった。

部屋は全面青白く光る不思議な石で覆われ、中央には祭壇と巨大な水晶玉のようなものがあった。

その水晶玉は無色透明な玉の中に、青い星空のような色をした球体を閉じ込めているようだった。

美しいものだが、唯一残念なことはその水晶玉が二つに割れていることだった。

「古代語で……大宝珠《だいほうじゅ》、と書かれているな。それ以外に表記らしい表記はない」

フェリクスは水晶玉の前に置いてある石板を読んだ。

「なんだかすごそうな響きですが、確かにこれには合ってそうですよね。ただ……なんだかこの大宝珠からぞわぞわする空気が流れている気がします」

「ああ。妙な魔力が絡んでいるのは確実だな」

しかし、それ以外に何を感じればいいのかはわからない。

「……よし。ここだと戦闘もなさそうだし、エレノアを呼んで聞いてみようかな」

そう言いながらシャルロットは持ってきた布を広げた。

異界のことだ。わからないのであれば聞く方が早い。

エレノア、お仕事をお願いしたいのと呼びかければ、強い閃光《せんこう》がそこに走る。

「よし、ちゃんと呼んだわね」

登場して第一声、エレノアは満足そうにそう言った。いつもより早い……というよりもフライング気味に登場したので、もしも呼んでいなければ後で拗《す》ねられたのかもと思ってしまった。

「さて、何？　どんな強敵が現れた？　何をしてほしいの！」

「あれ……？　今日はこっちの世界のこと、見ていなかったの？」

以前、人間界のことはよく見ていると言っていたので、てっきり今日も見ているのかと思っていたシャルロットには意外だった。

「だって見てたらすぐ来たくなるから我慢して……って、なにこれ」

そう言いながらエレノアは目を細めながら大宝珠を見た。

「……ここは王都の近くなの？」

「ええ。なんだか魔術で閉められていた扉の奥にあって……」

「封印の奥か。だから気づきにくかったのかもしれないわね」

そうぶつぶつ言いながらエレノアは大宝珠をぺちぺちと叩いた。

「それ、何かわかる？」

「ええ。コレ、私たちの世界とこの世界にある境界を強化して、私たちの世界の魔力がこちらに流れないようにしていたもののようだわ。早く修復したほうがよさそうね」

「そうね、魔力が流れてくるから魔物が凶暴化していたんだもんね」

だからこそ大狼も目撃されたのだろうし、魔物が増えていると言われていたりもするのだろう。

原因がわかってほっとしたと思っていると、エレノアは難しい表情を浮かべている。

「ええ。でもそれ以上に、境界の力が弱って一定水準以下の幻獣がこっちの世界に来られるようになっている原因もここだから、早く直しておかないとね」

「え？」

「ほら、あっちでは弱くてもこっちでは威張《いば》り倒せる可能性があるわけじゃない？　あっちで力がないとされていても、こっちでいろいろとしでかす可能性もあるし。犬っころとか、ミラみたいな無害な性格をした幻獣ばかりじゃないのよ。強い者だと、あっちの濃い魔力のほうが好きだろうから理由もなくこっちを征服しようと考えたりしないだろうけれど」

確かに、それは問題かもしれない。

しかし。シャルロットはすぐに『そうだね』とも言いがたかった。

「どうしたの？」

「それが必要なのはわかるんだけど……でも……そうだとすると、本当に困った子もこっちに来られなくなるんだよね」

召喚の光に紛れ込んだマネキは例外かもしれないが、琥珀や消えそうになっていたクロガネも、結界が弱まっていたからこそこちらに来ることができ、シャルロットと出会えた。ミラにしても偶然の事故とはいえ、こちらに来てから能力が開花しているし、仕事も楽しそうにしてくれている。

エレノアの言う通り良い出会いばかりになるとは限らないのはシャルロットも承知しているし、彼らも方法を承知のうえでこちらに来たわけではないと理解しているのだが、自身にとっては良い出会いばかりだったので、巡り会いの可能性の一つが失われること、そしてこれから先に困った場面に遭遇した幻獣がそのまま消滅したりしないだろうかと心配してしまう。

「まあ、それはそれとして解決法を別に考えなきゃ仕方がないんじゃない？　どうにかしないわけにはいかないいんだし」

「うん。それはわかってるけど……」

「よし、じゃあ修復しよう。っていっても、これは結構大変な術式ね。私も手伝えるけど、古めかしい術式だから解析にちょっと時間がかかるし、こっちの魔術師も必要ね。フェリクスだけじゃ足りないから、どうこうできなさそうだし」

「しかし、このまま放っておいても大丈夫でしょうか？」

「たぶん大丈夫よ。今も壊れてるけど、まだそこまで大きな影響は出ていないみたいだし。たぶんだけど、大宝珠が置かれているのはここだけじゃないのよ。だからピンポイントで影響は出ているけれど、今のところ対処できる範囲みたいだし」

「……そうですね、では、追加の報告も行わせていただきます」

「ええ、でも、いったん外に出ましょうか。ここ、狭いし」

そんなエレノアの提案でシャルロットたちは祭壇のある部屋から出た。

部屋を出ると、クロガネによって開かれた扉が再び現れた。

「……どうも召喚師がいなければ、この部屋には入れないということみたいだな。しかしこの古代魔術、どうなっているのか本格的に知りたいな」

「ここのお部屋も、何らかの意味があるはずですよね。古そうだし……歴史学者も必要になってしまいますかね？」

シャルロットは冗談っぽく言ったが「そうだな」と、フェリクスは大真面目に肯定していた。

（え、本当に？）

確かに古そうな設備ということはよくわかるし、二千歳超えのエレノアも術式について憶測で言っていたことから、それよりも古いものであると推測される。

そこで思ったよりも大変なものを発見したのではないかとシャルロットが思っていると、フェリクスは笑った。

「歴史の教科書に発見者として『シャルロット・アリス』の名前が載るかもしれないな」

「え」

「まあ、楽しみにしておこう」

それは果たして楽しみにするべきことなのか。

シャルロットは思わず引きつり笑いを浮かべてしまった。


そして、大宝珠の発見から数日後。

アリス喫茶店のカウンターにはレヨンが座っていた。

すでに営業時間は終了しているので、店内に残っているのはレヨンを除いて皆店員だ。

レヨンは朝のうちにエレノアとともにこちらに来ていたが、里に取り入れられる文化もあるのではと、まずは王都を一通り視察していた。

本当は早く店に来たかったのだろうが、遠慮なくマネキと話をするためにも営業終了まで待っていたようだった。

「久しぶりにお店にお邪魔しましたが……シャルロットさん、ずいぶんお疲れのご様子ですね？」

「ええ、ちょっといろいろあって」

「なら、私も早く帰った方がいいかしら？」

「問題はないよ。体力の問題じゃないし、レヨンさんのおもてなしは全力でさせていただくから安心してね？」

そう、その疲れは身体的な疲れというよりも、精神的な疲れである。

（フェリクス様に可能性は指摘されていたけれど……本当に、あれが大発見になるとは……）

大宝珠を発見したシャルロットのもとに血眼《ちまなこ》になった学者が押し寄せたことは記憶に新しい。

『いやあ、祭壇部分など伝承にしかなかったものを発見されるなど……。この入り口も埋まっておりわかりにくいにもかかわらず、よく気づいてくださった。実に博識でいらっしゃる』

『それよりも、やはり祭壇部分に繋がる通路を開かれたことですな。この手前の部分まではほかの者でも発見できる可能性はあるが、この奥へは召喚師がいなければ不可能ですし』

『いやいや、ならず者が占領していたにもかかわらずほぼ損傷なしで制圧してくださったことがありがたい。手前の部屋も重要な遺跡です』

『この一か所がわかったことで、ほかの伝承の位置もある程度見当がつくようになります。これらの祭壇も、確認させていただくつもりですが……やはり、あなたの功績はとても大きい！』

そうして褒め称《たた》えられ続けていたのだが、そういうつもりで発見したわけではないので反応に困った。しかしそれが謙虚だとして相手を余計に盛り上げさせるのだから、どうしようもなかった。

「そういえば、エレノア様は？」

「エレノアはしばらく別のお仕事が入っちゃったの」

エレノアはミラと相談しながら、大宝珠の修復について宮廷魔術師たちに指示を出しているらしい。ただし時間はそれなりにかかるだろうと推測され、店員としてのエレノアの戦力がなくなってしまうので、代わりにと精霊仲間を呼んできてくれた。精霊仲間たちは今まで店で働いてみたいと準備を重ねていたらしく、初日から完璧にウェイトレスとしての仕事をこなしてくれている。

「でも珍しいですね、エレノア様が大好きなシャルロット様から離れてお仕事されているなんて……。」

「実は、なかなか大きなことがあったの」

そして、シャルロットは大まかに境界と大宝珠のことをレヨンに説明した。

それを聞いたレヨンは妙に納得していたので、シャルロットはついつい自身が抱いている懸念についてもレヨンに伝えた。

「こちらの世界としては境界が機能するのは必須だと理解しているんだけど、弱った幻獣の子が助けを求められなくても困るなって……」

「そうですね。……でも、それでしたら、私がお手伝いいたしましょうか？」

「え？」

「マネキを探すために使っていた占いを応用すれば、魔力が弱っている幻獣を見つけることはできます。こちらの世界に害を及ぼす可能性がない者であるという前提で、何らかの困難に見舞われているようでしたら私がシャルロットさんにご相談を持ち掛けることも可能かと。もちろん、前提としてはこちらの世界で完結するように努めますけれど」

「本当に？」

「ええ。マネキのように時間をかけて開花する能力も後々生まれるかもしれませんし、長は私ですから文句は言わせませんし」

レヨンが堂々と言ってくれるのであれば、懸念は解消できる。レヨンが考えている対象もシャルロットが考えている対象からずれないだろう。

「で、でもいいの？　レヨンさんはお仕事が忙しいでしょう？」

「ええ。シャルロットさんも不安を抱えたままだとお仕事にも支障がでますよね？」

「ありがとう、とても助かります」

「いいえ、お気になさらないでください。貴女が落ち着かなければ、マネキも落ち着かない状況になってしまいますので」

それは照れくささを隠すわけではなく、ほとんど本心のようだった。

そのことにシャルロットは苦笑してしまった。無理をしていないのであればそれに越したことはないし、懸念がなくなるのであればシャルロットも嬉しい。

誰も損をしない提案にシャルロットとしては大満足だ。

そのうえレヨンは本当にマネキのことが大好きなのだと思えば微笑ましくなる。

「ねえ、レヨンさん。お茶のお代わりご用意いたしましょうか？」

「ええ、今度はミルクティーに合うものをお願いしたいわ」

その期待に応えてシャルロットがミルクティーをレヨンに出したとき、店のドアが開いた。

「仕事終わりに悪いわね、シャルロット」

「グレイシー。どうしたの？」

「どうしたもこうしたも、お茶をいただきに来たのと……あとは、特使で来たのよ」

「とくし？」

とくしというのは一体何のことなのかとシャルロットが疑問を浮かべていると、グレイシーは微笑みを深くしながらシャルロットに近づいた。

「って、あれ？　お客さんがいるってことは、まだ営業時間だった？」

「あの、私のことはお気になさらず。お店は終わってるはずですので」

「そう？　ありがとう、可愛いお嬢さん」

レヨンとそんな話をしながら、グレイシーは一通の封筒を取り出した。

「はい。こちら、王妃様からのお手紙です」

「はい⁉」

驚きのあまり勢いよく封筒をひっくり返すと、確かにそこには王家の紋章の封蝋がなされていた。

会ったことがある相手でも、さすがに公の立場からの手紙となればシャルロットも固くなる。

「とりあえず……綺麗に開けよう……」

慎重に封筒を開けたシャルロットは、緊張しながら便箋《びんせん》を開いた。

「功労者として……勲章……？　え、記念パーティー……？」

想像していない言葉が並んでいることにシャルロットは片言《かたこと》交じりで答えた。

「そういうこと。今回の歴史的発見に加え、宮廷所属の騎士と協力して王国の危機を未然に防いだ功、あとは王都で幻覚剤をばらまいて一儲けしようとしていた貴族一派の一掃に貢献した功労を褒め称えてもらえるってことよ！」

「ちょっと待って！　いつ決まったの⁉　特に最後の知らないんだけど⁉」

幻覚剤には確かに関わったが、そんな貴族の話など今の今まで聞いたことがない。

しかしながら、グレイシーはその反応を楽しむばかりだ。

「あら、でも発見の端緒《たんちょ》になったのは本当だもの。お陰で没収した資産から報奨金も出るみたいだし、よかったわね、シャルロット！」

確かにそれらの解決は喜ばしいが、果たして本当にそれらを受けとってもよいものだろうか？

自身の功績よりもだいぶ拡大解釈がなされている気がしてならなくて、それこそドッキリかと疑いたくもなる。

しかし嬉しそうなグレイシーを見る限り、それはなさそうなのだが……。

「そ、それにしても、グレイシーはずいぶん嬉しそうね？」

最初はシャルロットを驚かせて楽しんでいるのかとも思ったが、その笑みはどんどん深まっている。

ほかにも何かあるのかと思っていると、グレイシーはにやりと笑った。

「やっぱりわかってしまうかしら？　でも、仕方がないと思うの。シャルロットの宮廷召喚師の受験のときに、特例での再受験について一貫して否定的立場をとっていた人事院のトップが失脚よ。奴、幻覚剤の一件にかかわっていたらしいのよ。ざまぁみろっていう話よね」

お嬢様がそのような言葉を使うものではないのでは……と思うが、非常に楽しそうに黒い笑みを浮かべているグレイシーにシャルロットはそれ以上言えなかった。

すでに過ぎ去ったことなので自分自身に関係することだと捉えにくいのだが、グレイシーは恨みを募《つの》らせていたらしい。

シャルロットは実に友人想いで頼もしいと思ってしまった。

（人事のトップが誰かは知らないけど、結構な動きにはなったんでしょうね）

幻覚剤なんてものを用いて金を集めるような者であれば、もしかするとほかにも不正疑惑があったのかもしれない。それをまとめて一掃できたのであれば感謝されるかもしれないが……仮にそうだとしても、捕らえるための証拠集めにはシャルロットは何も関わっていない。

「やっぱり私の功績とするには大袈裟《おおげさ》なような……」

あくまで情報提供者だと思っているので、その功労は足さなくてもいいのではとシャルロットは思うが、グレイシーはしれっとしている。

「でも王妃様からのご指示だもの。辞退なんてできないでしょう？」

「それは……。でも、私はさすがに授章式に行くような服もないし……」

シャルロットが持つ服の中で一番上等なものはフレヤから贈られた服だが、あくまでおしゃれな普段着だ。公式の場に来ていくようなものではない。

しかしシャルロットの言葉に対し、待ってましたとばかりにグレイシーは言い放った。

「安心して。私がシャルロットの準備をするよう、役を奪ってきたから！　堂々と華やかな舞台に立つわよ！」

準備は完璧だと言わんばかりのグレイシーは、そのままシャルロットの両手を握った。

「さて、まずは伝達式に向けたドレス選びでしょう、アクセサリー選びでしょう？」

「え、でも……」

「メイクも以前似合うように施したことがあるって、伯母《おば》様から聞いているけれど……着る物が変わるとメイクも変わるわよね。髪型だって、どうしようかしら。ああ、支度金は心配ないわ、預かっているから！」

そこまで手配が済んでいては、シャルロットが辞退を申し出るわけにもいかない。

ならばせめて人前に出ても恥ずかしくない最低限の身なりと、立ち居振る舞いを学ばなければいけなくなる。

「いろいろ聞きたいことがありますが……ひとまず、よろしくお願いします」

「何固くなってるの。シャルロットは主役なんだからドーンとしてるだけでいいのよ、ドーンと。ああ、でもパーティーだとダンスもあるかもしれないから、そこは特訓させていただくわね」

「え、ダンスですか⁉　その、私そもそも礼儀作法から……」

「安心してちょうだい。大丈夫。礼儀作法だろうが、ダンスの男性パートだろうが女性パートだろうが、踊ってみせて教えてあげるわ。だから心配しないでちょうだいな。だって、シャルロットとパーティーに出られる機会がやってくるのよ？　もう、本当にこの機会には感謝しなければいけないわ」

本気で楽しみにしているらしいグレイシーを見ると喜んでもらえてなによりだと思える面もあるのだが、思わず面倒臭そうだとシャルロットは思ってしまった。最低限は頑張ろうと先程思ったばかりのはずなのに、すでに頭が痛くなってくる。

（そもそも勲章ってもらってどうするものなの⁉）

レヨンが『人間って色々大変そうね』と気の毒がっているのも、自分の顔色を見れば無理がないのだろうなとシャルロットは思った。

「そういえば、パーティーには美味しい食事も置いてあるわ。あまり食べる人はいないけれど、タイミングを見計らって食べれば、きっとお店の今後に役立つわ」

そして自信満々に言うグレイシーを見て、シャルロットは一つだけ楽しみになることを思いついてしまった。

第八話
光の護り手

Welcome to the healing Mofu Cafe!

グレイシーが手紙を届けてくれた日から伝達式までは約一か月の期間があった。

その間シャルロットは、仕事が終わるとグレイシーのマナー講座が開始されるという毎日を過ごしていた。ドレスも作られることになったが、シャルロットにとっての難敵はドレスよりもヒールだった。前世でもローヒールしか履いたことがなかったにもかかわらず、ドレスに合わせた靴のヒールはとても高い。それを履いて踊れというのであるから、シャルロットはどんな修業だとつい思ってしまった。

（不幸中の幸いは、伝達式自体は難しいことをしないということね）

思ったよりもシャルロット自身がやらなければいけないことはなく、国王から祝いの言葉を受け、礼を伝えるだけでいいと知ったとき、シャルロットは安堵《あんど》の息をついてしまった。やることが少し減っただけでも、時間がない中ではありがたい。いくら伝達式やパーティーの用意があるといっても、店のほうも手を抜くつもりはないのだ。

そうして準備をしていると、あっという間に当日がやってきた。

迎えにやってきたのはフェリクスだった。

「意外そうな顔だが……驚いたか？」

「いえ、最近ずっとグレイシーと一緒でしたので、ここはグレイシーがいらっしゃるのかと……。ただ、よく考えれば王妃様の命《めい》もありましたし、一緒に解決したのはフェリクス様ですものね」

ただ、昨日の別れ際にも『じゃあ、明日を楽しみにしているわ』と言っていたので、てっきりグレイシーが迎えなのだとシャルロットは思いこんでいた。

「ああ、グレイシーも来たいとは思っていたんだろうが、要人護衛となれば騎士の仕事だ」

「要人ですか」

「そう、要人ですよ、お嬢様」

「ものすごく私に似合わない言葉ですね」

「そう思ってるのはお前だけだ。少なくとも今日に関して、お前は主役」

そう言われながら、シャルロットはフェリクスの手を借りて馬車へ乗る。

特訓のおかげで、ヒールにもだいぶ慣れてきた。

「今日のことで、何か聞き忘れたことはあるか？」

「一応、式に関しては大丈夫かと。詳しい説明のためお城からも使者が来てくださいましたし、この間、王妃様からもお手紙をいただきまして、相談に乗っていただいていますし」

その際、なにか希望があればできるだけ応じると言われていた。

これに関しては、ありがたい限りだと思ってしまった。

「……今日、何か企《たくら》んでいるのか？」

「企んでいるなんて、そんなことはありませんよ。でも、どうしてですか？」

「笑っている。緊張していなさそうだからな」

その答えにシャルロットは肩をすくめた。

「すでに一か月前から緊張しすぎて、緊張がもたなくなっただけでもあるんですけどね」

「そうか。でも、余裕があるな。前に出かけたときよりも」

「今回はグレイシーがものすごくレッスンしてくださいましたしね。それに、少し楽しみにしていることがございまして」

「楽しみ？」

「ええ。フェリクス様にも楽しんでいただけるといいのですが、驚かせたいので今は内緒です」

シャルロットがそういうと、今度はフェリクスのほうが肩をすくめた。

「どう緊張をほぐしてやろうかと思っていたけど、肩透かしを食らった気分だ」

「緊張しているように見えました？」

「眠そうだったから。緊張で眠れなかったのかと」

「お気遣いありがとうございます。ただ、緊張は大丈夫そうです。でもせっかくですから、一つだけお聞きしてもよろしいですか？」

「うん？」

「王妃様からも、国王陛下はとても朗《ほが》らかな方だとお聞きしています。間違いございませんか？」

「まあ、あの王妃様と仲睦《むつ》まじいお方だと言えばだいたい通じると思うが……一体何をする気だ？」

先程企みなどないと否定したことを疑われているような気もしたが、シャルロットは「内緒です」と言って誤魔化した。

どちらにしても後程わかることなら、そのときに驚かせたいのだ。


城に到着し、シャルロットはフェリクスの先導で謁見《えっけん》の間の前にやってきた。

フェリクスの案内はそこまでだったようで、そこから先は別の案内役に交代となる。

国王陛下の前に出るまでは、ほんの数分のことだった。

国王の隣にはイザベラがおり、心なしか微笑みかけられた気がした。

「シャルロット・アリスをお連れいたしました」

その声に合わせ、シャルロットは膝をついて深く一礼した。

国王はそれを見てから、芯のある声を張り上げた。

「汝《なんじ》、シャルロット・アリスは王都に降りかかる数々の災厄を未然に防いだ。よって、ここに敬意を表し、『光の護り手』の称号及び金貨千枚を授与する」

「謹んで拝領いたします」

顔を伏せたまま、シャルロットは返答する。

「さあ、形式はここまでだ。面《おもて》をあげよ」

その言葉に従い、シャルロットは顔を上げた。

「先程の報奨金は、今回の功績に対し贈るものとなるが……個人的には不足していると考えている。特に魔獣の活性化を防いだことは民の生活のほか、騎士団の余裕を生んだ。国庫からの支出は困難であるが、私個人として望みがあるなら聞きたいと思っている。ほかに、何か望むものはないか」

このことは、『突然言われても困るでしょう?』と、イザベラから事前に聞いていた。

だから、シャルロットはその特別報酬に何を求めるか、予《あらかじ》め決めていた。

「二つほど、お願いしたきことがございます」

シャルロットの言葉に周囲はどよめいた。

二つも願い事を言うのか、遠慮がないということなのだろう。

ただし国王は口の端を上げた。

「申せ」

「では、遠慮なく。まず一つ目は拝領する金貨千枚については、寄付させていただきたく存じます。

そして、国内の養護院への補助金などの施策に役立ててはいただけませんでしょうか」

その言葉に再度周囲はどよめいた。

国王も意外そうに少し目を見張った。

「辞退すると申すのか？」

「過分な評価をいただきましたことは大変光栄に存じます。ですが、私はこの国の養護院で育てていただきました。できれば、同じような弟妹《きょうだい》が育つ手助けができればと思っております」

シャルロットが受け取り、それをレヴィ養護院に使うこともできる。ただ国庫からの予算だとすれば、レヴィ養護院だけではなく、ほかの養護院へも平等に配りたい。そうなると所在を把握しきれていないシャルロットにはできないことである。

平等な分配であっても、レヴィ養護院の雨漏りは直るかもしれない。しかし、たとえ分配により金額が減って直らなかったとしても、シャルロットは自分で稼いで直せばいいと思っている。

なにせ最初からそのつもりでいるのだ。

「そなたの意思は理解した。しかし、全額というわけにはいかん。……千枚のうち百枚は、歴史愛好家をはじめとした者たちからの寄付によるものだ。そなたの手に渡らねば、納得すまい」

「かしこまりました。では、残りの九百枚をお願いいたします」

「了承《りょうしょう》しよう。では、二つ目を聞こう」

「はい。二つ目は……この後の祝賀会で、皆様にお茶とお菓子を振る舞わせていただきたいのです。

せっかく私を祝ってくださろうとされている方々に、心ばかりのお礼をさせていただきたいと考えております」

シャルロットの言葉に、再度周囲はどよめいた。国王に申し出る願いとしては想定外だったのだろう。

国王も大きく笑った。

「構わぬ。好きにせよ。ああ、だが、一つだけ注文をつけよう」

「どのようなことでしょうか」

「イザベラから、そなたの淹れる茶は美味いと聞いた。イザベラより先に私のもとへ持ってくるように」

その少し冗談めかした言葉にシャルロットは深く一礼した。

「ありがたきお言葉。心より感謝申し上げます」

その言葉でイザベラからの視線を感じたので、シャルロットも笑い返した。

(イザベラ様にこちらのお話はご相談させていただいていたけれど、改めて了承されるとほっとするわね)

イザベラからは『陛下を驚かすためにも内緒にしておくわ』と言われていたので、多少は心配もしていたのだ。

しかしどうやら、これで昨日から準備したものはすべて無駄にせずに済みそうだ。

無事に伝達式が行われたのち、シャルロットは祝賀会の会場へと移動しさっそく準備を始めた。

今日シャルロットが用意しているのは、水出しの緑茶とレヴィ茶のドーナッツだ。

ドーナッツは粉末にしたレヴィ茶を混ぜた生地を揚げ、小さな球形にした。リングドーナッツにするかも迷ったのだが、場所が場所なだけに手掴みで食べることは難しい。それなら一口で食べられる物の方が好まれるはずだ。ただ、事前に作り置きしておくことができないので、仮眠のあと深夜に起きて作り始めたため、今日はやや寝不足でもある。

（でも、揚げ菓子は王都でもそんなにないし。どうしてもこれがよかったのよね）

ドーナッツは一つずつ、すりおろしたイチゴを混ぜて作った薄桃色のアイシングで飾った。

提供する皿や小さなフォーク、そしてやや小振りなグラスは一か月かけ、すべて魔力で作製した。

そこに一枚、和紙風の紙を敷いてドーナッツを置けば、王国では珍しいお茶菓子セットの完成だ。

さすがにシャルロット一人では盛り付けが間に合わないので、イザベラ付きの侍女たちが総動員で手伝ってくれている。

（祝賀会が立食パーティーの形式で助かったわ）

それなりにテーブルがあるおかげで、緑茶もドーナッツも同時に出せる。もっとも、これらはあらかじめイザベラに相談していたこともあり、多めに用意してもらえたという可能性もあるのだが。

(立ったままだと、お茶を持ちながらお菓子を食べるなんてできないもんね)

あとは速やかに提供するだけという状態ではあるのだが、配布する前にシャルロットはまず国王との約束を果たさなければいけない。

シャルロットはお盆に一杯のお茶と一皿に三個盛ったドーナッツを載せ、国王のもとへと向かった。さすがに直接渡すことはないだろうと、座る王のそばで控えている侍従に目をやったが、侍従は動かない。代わりに国王がシャルロットを手招きした。

シャルロットが一瞬戸惑うと、すかさず国王は笑った。

「今さらであろう。気にすることはない」

「では……失礼いたします」

拒否権はないし、そもそも直接配膳したくないわけでもない。

許可が得られたのだからとシャルロットは遠慮なく進むことにした。

ただ、どうぞお召し上がりくださいとは言いにくい。

「毒見はいかがいたしましょう」

そう、これがあるからだ。

以前のイザベラたちとの非公式の場と違い、ここは公の場。

宮廷側が準備したわけではないものを毒見役なしに飲食していいのかどうか、そこまでは判断できない。

しかし、国王はそれを笑い飛ばした。

「私が許可し皆に振る舞われるものに、毒が入っているとは思っていない。それに、私の食べる分が減るのは、我慢ならないな」

確かに、言われてみればその通りだ。

そして国王は堂々とドーナッツを食べた。

咀嚼《そしゃく》する間、周囲はじっと国王を見ていた。

やがて嚥下した国王は、シャルロットのほうを向いた。

「……楽しみにしている者がいるだろうから、味については言及《げんきゅう》しない。だがアリスよ、これをもう一皿私に持ってきてはくれないか。ああ、イザベラの分ももちろんだぞ」

「かしこまりました」

国王は言い終えるや否やシャルロットの返事を聞く前に緑茶にも手を伸ばした。

そして、シャルロットが去る前に言う。

「こちらももう一杯だ。そしてこの時をもってほかの者に振る舞うことを許可しよう」

それは、何よりも国王自身の感想を表しているようだった。

国王の言葉をもって、すべての客人への提供が開始された。

「随分珍しい色合いですこと」

「ですが、とても綺麗な色彩ですわ。この色合いで、ドレスを作っても美しいかもしれませんね」

「この、丸い形も可愛らしいですね」

そうして、まずは見た目を楽しむ者たちの姿があった。

その近くでは見た目よりも中身、味を重視してすぐさま口に入れる者もいた。

「甘い菓子だが……やや苦みもあって、コクがある。この茶とも合うな」

「ええ、なかなかの茶です。柔らかな口当たりで、すっと入ってきます」

「この菓子にかかっている桃色の甘いものは、なんというものなんでしょう。甘いだけではなく、果実の酸味があってとてもいいですね」

「ええ。菓子にある少しの苦みと対照的で、より互いが引き立てられ……端的《たんてき》に、美味しいと思ってしまいますね」

そんな声を聞き満足しながら、シャルロットは再度国王のもとへと向かった。

今度は国王がシャルロットを呼ぶより早く、イザベラから声がかかった。

「陛下はお代わりですから、多少遅くなっても大丈夫よ。ですから、私が先にいただいてもよろしいかしら？」

「私は構わないのですが……陛下は……」

「構わぬ。私は二度目なのでな。それに、ほんの少しの時間差であろう」

二人とも冗談っぽく言ってはいるのだが、国王からはどこか『それ以上は待たない』と言われている気もした。

当然、シャルロットの配膳も早くなる。

「……やっぱり、さすがシャルロットね。また新しい食感のお菓子だわ。お茶も、見ただけではこの間のものと同じかと思ったけれど……まったく味わいが違うわ。これは、とても香ばしいお茶ね？」

「はい。基本的には以前召し上がっていただいたものと同じお茶ですが、こちらはまだお店にも出していない、玄米茶です」

正確には玄米ではないので玄米茶というのは違う気もしているのだが、シャルロットが今日用意した緑茶はコメ科の植物のラトというものを焦げないように炒《い》ったものを合わせたものだ。

（なんだかしっくりくるものが見つからなくてなかなかできなかったけど、これなら私も満足できる仕上がりなのよね）

採集には琥珀をはじめ素材集めの鳥部隊の皆が手伝ってくれたので、準備もしっかりと整った。

「そのゲンマイというものが、香ばしさを引き出しているの？」

「はい。実は緑茶を抜いて、そのゲンマイだけで味わっていただいても美味しいのですよ」

「あら、それは実に興味深いわね。でも、本当に驚かされたわ。知っているものが出てくるのかと思って気楽に構えていたら、また新しいものを出してくれるなんて……あなたはやっぱり面白い」

「お褒めいただき、光栄です」

同じものでは面白くないだろうと準備したのが正解だった。

シャルロットが笑顔を浮かべると、イザベラも満足そうに笑った。

「ところでシャルロット。私に相談のお駄賃はないのかしら？　陛下もお代わりなさったのだもの、私も構わないわよね？」

「はい、もちろんでございます」

イザベラの言葉は歓迎するべき言葉だ。しかし、シャルロットはすぐにここを離れるわけにはいかない。

なぜなら、まだ用事が終わっていない。

「王妃様には、大変ご助力いただきましたので、わずかですが新しい菓子をお召し上がりいただきたく存じております」

「まぁ！　これ以外にも、用意してくれたというの？」

明るい返事に、シャルロットはお盆の端に置いていた木箱をイザベラの前に差しだし、その蓋を開けた。

「こちら、あまり数は作れませんでしたが……オレンジピールという菓子でございます」

「これは……果実の皮のお菓子なのかしら？」

「さようでございます」

オレンジピールの作り方は、まず下処理をしたオレンジの皮を五ミリ程度の幅に切り、二度、短時間下茹でをする。その後、鍋に砂糖と水を入れ、火にかけてシロップを作る。そして砂糖が溶け切ったらオレンジの皮を加え、シロップが半量になるまで煮詰める。

その後、鮮やかになった色合いのオレンジの皮を一本ずつ取り出し、その後二日間乾かした。そして半量についてはそのまま、もう半量についてはチョコレートでコーティングしオランジェットにアレンジした。

「果物の皮だけを食べるのは、初めてだわ。でも、あなたが持ってきてくれたのだもの。挑戦しないわけにはいかないわね」

そう言った王妃はオレンジピールを一つつまんだ。そして、そのまま口に運ぶ。

「……驚いた。本当に、皮がお菓子になっているわ」

「ほう、どのような味なのだ？」

「爽やかなオレンジの風味に甘みが加わっているのですが、まるで果物をそのままいただいているようです。とても上品な菓子ですね」

「……イザベラよ、それを私にも譲ってはくれぬか」

「いくつかでしたら、お召し上がりください。たくさんと仰るのでしたら、シャルロットに願い出てくださいな」

そして国王も一つ口に入れた。

「シンプルだが、美味い。……いかに数々の味に精通しておるか、理解させられる」

その言葉を受けて、シャルロットは一礼した。

これは、以前フェリクスと夕食に出かけたあとで、今自分が作れるシンプルな美味しさを考えて作ったものだ。

だから味に精通というよりはあのときにヒントを受けたお陰で、作ろうと思えたものになる。

(あとでフェリクス様にも味見をしていただかないといけないわね)

そんなことを考えていると、国王は改めてシャルロットを見た。

「シャルロット・アリス。改めて、此度《こたび》の働き、大儀であった。礼を言う。そなたと話したいと待っている者たちも多いが、主役として楽しんでくれ」

「ありがとうございます。では、失礼……」

「ああ、あとはこの菓子。オレンジ……ピールだったか？　また、私の元にも手配しておいてほしい」

「ありがとうございます、喜んで」

それからシャルロットは国王夫妻の元を離れた。

成果は、思ったより上々だ。

そして……自分が作ったものではない、王宮の美味しい料理をまずは楽しませてもらおうとシャルロットは考えたが、あっという間に人々に囲まれた。

「アリス殿。この度は誠におめでとうございます」

「素晴らしい発見でしたね」

「あなたが讃えられる場であるのに、こうした振る舞いをなさること……本当に、他者への思いやりに満ちていらっしゃいますね」

「それを言えば、報奨金の使い方ですよ！　よく、決意なさりましたね」

矢継ぎ早《ばや》に繰り出される言葉にシャルロットは笑顔で無難な返事を繰り返す。

（ある程度こうなるかもって思ってたけど……でも、ちょっと早くない⁉）

予定ではもう少し遠巻きに様子を窺われ、そのうちに少し食事をとってから対応などと思っていたのだが、食事のもとにたどり着くのはもはや困難ではないか。

しかしそんな対応をしているなかでも、シャルロットにとって嬉しい言葉はほかと区別されはっきり届いた。

「アリス殿、このお茶を購入したいのだが、譲ってはいただけないだろうか？」

そして、その声が引き金となった。

「それが可能であれば、私もお願いしたい」

「でしたら私はお茶請けも一緒にお願いしたく思います。これ以外にも、美味しいお菓子はあるのでしょう？」

「皆様、ここはアリス殿の功績を讃える場であり、依頼を出す場では……」

「あら、ではあなたは注文なさらなくていいのですね？」

「そ、そんなこと申しておりませんわ！」

そして、その場はあっという間に注文会場に変化する。

しかし誰が誰かまったくわからないシャルロットに、それをすべて記憶しろというのは酷な話である。

（熱気は嬉しいけれど、皆さん名乗るの忘れてませんか……！）

貴族同士であれば名乗らずとも誰が誰かわかるのかもしれないが、疎《うと》い世界にいたシャルロットには知る由《よし》もない。

（ど、どうしよう）

想像以上の反響はありがたいが、対処する方法がすぐに思いつかない。そう思ったとき、パンパンと手を叩く乾いた音がその場に響いた。

「皆様、そんなに怖い顔になってしまってはシャルロットさんが怯《おび》えてしまいますよ」

「フレヤ様！」

おっとりとした言葉と共に、フレヤがミラを伴って姿を現した。

そして競《せ》りのように声を上げていた人々の注目もそちらへ移る。

フレヤはなおも微笑みを浮かべていた。

「皆様、実はシャルロットさんのお茶に関して、注文書をご用意しております。シャルロットさん、どういうものが持ち帰り可能か、皆様にお伝えいただけませんか？」

そう言いながら、フレヤは注文書を一枚シャルロットに渡した。

それには氏名と住所を記入する欄と、注文の品を書くための欄が三行設けられていた。そして数量は各一とするということ、注文状況に応じ、すぐに用意できるとは限らないことなどの注釈《ちゅうしゃく》が設けられている。

取り扱いの品名については記載がなく、この場でシャルロットの口から出るのを待つのだろう。

「ありがとうございます、フレヤ様」

「いえ、それより説明して差し上げてくださいな。皆様、注文書を書き終えられましたら、私が預かりますね。手配は受付順となります」

フレヤがテキパキと司会を進めるかのように対応してくれることを、シャルロットは心から感謝した。シャルロットとしてもある程度注文を聞けるように用意をしていたつもりだが、まだまだ認識が甘かった。フレヤが用意してくれていたということは、おそらくイザベラから何らかの話が行ったのだと思う。イザベラのその気遣いにも深く感謝しながら、シャルロットは商品の説明を始めた。茶葉の種類として緑茶はもちろんのこと、取り扱っている薬草茶とその効用、それぞれの内容量など、そして菓子としては基本的に日替わりでの用意となるものの、希望があれば茶葉に合う菓子を用意させてもらう旨を伝える。そして、最後に付け加えた。

「私が経営しておりますアリス喫茶店ではこれらのメニューは常時提供させていただいております。また、可愛い幻獣たちも店員として働いておりますので、よろしければぜひお越しくださいませ」

最後の宣伝に興味を示した者は少なくなかった。

だが、今はそのことよりも注文書を記入することが大事なのだろう。口を開きかけた者も慌てて注文書へと視線を落とす。

そして皆が真剣に考えている様子だった。

（注文の欄が三つまでっていうのはとても助かるわ）

貴族には資金が潤沢《じゅんたく》な者が多い。少なくともこの場にいる者たちは、生活に余裕があるのだと衣服を見ても理解できる。ならば『全部いただこう』となってもおかしくはない。

それ自体はとても光栄なことではあるが、そうなれば店の営業に支障が出る可能性もある。いくら遅くなる可能性を示唆《しさ》していたところで、貴族という待ち慣れていない相手がどこまで待てるかという疑問もある。

幸いにも説明は集中して聞いてもらえたこともあってか、シャルロットが『以上です』と言ったあとはそれぞれが真剣に悩んでいる様子だった。本当ならばもっと詳しい説明を求められてもおかしくはないと思ったが、幸いにもフレヤが先着順と口にしたこともあってか、さらに詳しい説明を聞くよりは自身で判断する時間として使いたいと考えたのかもしれない。

その様子を笑って見ていたフレヤは、シャルロットに優しい笑みを向けた。

「ここは私に任せて、祝賀会の食事を楽しんできてくださいな」

「ありがとうございます。でも、よろしいのですか？」

「ええ。本日の主役なんですから、好きなことをしないと損ですよ。それに……そこで何か新メニューが浮かべば、また私も楽しませていただけるのでしょう？」

少し悪戯っぽい笑みを浮かべたフレヤに、シャルロットは目を瞬かせた。

だが、すぐに笑顔で頷いた。

「お任せください」

「まあ、楽しみ。では、今日は私に任せてね」

フレヤに一礼したシャルロットはそっとその場から離れて飲食物のコーナーに向かった。

（フレヤ様にも期待していただいていることだし……遠慮なく楽しまなきゃ！）

だが、そこにたどり着く前にシャルロットは自分を追いかけてくる気配に気が付き、足を止めた。

振り返ると、そこにはメルがいた。

『お久しぶりです、シャルロットさん。今回は本当にありがとう。エレノア様のご協力までいただけて、本当に助かったわ』

「いいえ、こちらこそお役に立てて光栄です。たまたま話が聞けたという、偶然もありますから」

そう言ってシャルロットが笑うと、メルは少し苦笑した。

『情報を集められる環境も、それを正しく判断する力も凄いことじゃない。まったく、あなたがもしフレヤの後輩になってくれていたら、私がフレヤと遊ぶ時間も増えたかもしれないのに』

メルの言葉はお世辞ではなく本心のように聞こえた。そして、やはりフレヤとメルも本当に仲がいいのだろうと思うとほのぼのするように感じた。

『でも、ここで一つ。シャルロットさんのおかげで今回の大宝珠が見つかったから、他のものもすぐに見つかるんじゃないかって期待されていたけれど、実は他の宝珠の位置の特定については、思ったよりも難航しているみたいよ』

「……まあ、今まで見つからなかったものですからね」

ヒントが見つかったとはいえ、そんなに簡単に見つかるようなものであればそもそも最初から見つかっていそうである。

『ほら、今回あの遺跡に隠し扉があったでしょう？　あれが実は、万が一大宝珠が壊れたときに、ある程度異界の魔力が流れ出すのを抑えるクッションになっていたようなの。でも、あれのせいで大宝珠の存在自体が年月の経過とともに忘れられたようなのよね。もともと人為的に壊されないようにっていう意味もあったならうまくいったのかもしれないけれど、メンテナンスを忘れ去られる状態になっている現状を鑑《かんが》みれば、最悪の仕組みよね』

大宝珠の修復で疲れているからか、メルの機嫌は悪そうだ。

シャルロットはメルの頭を一撫でしてから、ポケットから飴を取り出した。

「よかったら、これをどうぞ。疲れているときは甘いものがいいんですよ」

『……ちょっと少ないんではなくて？』

「お気に召したら、フェリクス様を通じてお届けいたしますから」

シャルロットの言葉にメルはふっと表情を和《やわ》らげた。

『では、楽しみにしておくわ。ところでシャルロットさん。引き留めておいてなんだけど、そろそろあなた、また囲まれそうよ』

「え、もう⁉　さすがに早くないですか⁉」

思わずフレヤの方を見ると、確かに何名かが申込書の提出を始めている。

「注目はすごくありがたいんだけど、密集状態でのお話はちょっと苦手かな……」

楽しみにしていた食事が食べられないというのであれば、それは仕方がないことかなとは思う。けれど先程の密集状態で我先にと話しかけられれば、発言順も碌《ろく》に把握することができず、不快な思いをする人が出てしまう可能性もある。それは、本意ではない。

しかしこの会場に隠れられそうな場所など皆無《かいむ》なのだから、回避する手段は見当もつかない。

（どうしよう。グレイシーから聞いていた、貴族のお話を上手に聞き流す喋り方を実践するにも人が多すぎるし……）

それでも愛想笑いで誤魔化すべきかとシャルロットが悩んでいると、コツコツと反対方向から近づいてくる足音がある。

まずいと思いながらそちらを見やれば、フェリクスがいた。

その表情は笑いを堪えているようにも見える。

「お困りですか、お嬢様」

「フェリクス様……！」

助けが来たとシャルロットはほっとしながら、何度も頷いた。

「思ったよりも深刻そうな表情だな」

「いえ、ありがたいにはありがたいんですが……！」

「まあ、想像はしてたから俺もいるんだが」

「本当にありがとうございます」

何から何まで母子揃って面倒見がいいとシャルロットが感謝していると、フェリクスがすっと手を差し出した。

シャルロットはしばらく考えてから、ポケットからさらに飴玉を取り出して渡した。

「……なんだこれは」

「いえ、メルさんとのやり取りを見ていらしたのかと思いまして。……違いました？」

「違う。そもそも、なんのことだかわからない」

では一体何なのかとシャルロットが思っていると、フェリクスは飴をしまってから改めて手を差し出し直した。

「一曲いかがですか、お嬢様」

「え？」

「グレイシーから散々特訓を受けたんだろう？」

「あ、はい。一応……ですけれど。そして様になっているとは口が裂けても言えないのですが……」

一応『踊れている』と言える程度ではないのだろうかと思うものの、見本であるグレイシーとは比べ物にならない状況であることは理解している。だからあくまで一応なので、他に選択肢があるのであれば避けたい。

もちろんフェリクスもシャルロットがそういうものを好む性格ではないと承知しているはずなのだが……。

「まあ、でもこれは悪くない提案だと思うぞ」

「具体的には」

「まず、踊りに行くのであれば追手はこない」

「お、追手って」

思わずシャルロットは噴き出すが、フェリクスは構わず言葉を続けた。

「そして踊っている間にグレイシーがシャルロットと自分の分の料理を取り分けて待機する」

「え？」

「一曲終えたらそのままグレイシーの元へ向かい、皿を受け取り、休息用のソファに腰掛け二人で食事を取ればいい。今日のシャルロットは主役だ。座っていればどうしても相手が上から見下ろす形になると解釈されるから、座っている間は話しかけられないはずだ」

「そ、そんなしきたりがあるんですね」

なかなか自身では使う機会がない知識かもしれないが、何かの折にその場面に遭遇したときには気を付けないといけないな、とシャルロットは頭の中にメモをとる。その間もフェリクスは慣れた様子で説明を続けた。

「ここから直接ソファに向かうには少々位置が悪い。ということで、そちらに近づくように誘導する。おまけにその席はグレイシーが自分の友人に協力を仰ぎ、すでに確保している」

「了解しました。ぜひ、その救出プランでお願いいたします」

そう言いながら、シャルロットはフェリクスの手をとった。

「先に謝らせてください。足、踏んだらごめんなさい」

「気にするな。気にしてると、その方が失敗するし」

「う……確かにそうですね。けれど、ダンスなんてどういう機会に使うことになるんだろうと思っていましたが、グレイシーはここまで見越していたんですね」

さすがは貴族のご令嬢、シャルロットには完全に盲点だったところをカバーしてくれるなど、ありがたいことこのうえない。そう思っていたが、フェリクスはなんとも言えない表情を浮かべている。

「フェリクス様?」

「……別の企みがなかったわけでもなさそうだが」

「え？」

「まあ、気にするな。結果的に助かったし。それより、足を踏まないように気を付けてくれ」

「さっきは気にしないって仰ったじゃないですか」

本当に踏んでしまえば痛いだろうとは思うので積極的に踏むつもりなど微塵《みじん》もないが、からかい調子に先程と反対のことを言われれば多少抗議もしたくなる。

「まあ、何事も経験だ」

そしてその言葉を合図に、シャルロットはダンスの輪の中に導かれた。

軽口が叩かれたこととは対照的にフェリクスのリードはうまく、足を踏もうと意識的に努力しない限り踏むことは難しそうだった。

（もちろんそんなことはしないけれど！　でも、本当にフェリクス様のリードが上手だからか、音楽に合わせて踊っているというより音楽に乗っているっていう感じがしてちょっと楽しいかも）

そうなれば緊張も徐々に解け、周囲に目を向ける余裕も出てくる。

そして、気が付いた。

（女性たちからフェリクス様に向けられている視線ってすごく多いわね）

今日の主役として自分に注目が集まることはある程度想像していたが、特に若い女性からの視線はシャルロットではなくフェリクスに向いていることも多いようだった。

しかしそれだけ視線を集めてもフェリクスには気にする様子はない。

（注目され続けてるから慣れてる、ってことかな……？）

しかしそれだけ注目される相手と踊っているとなると、変な妬《ねた》みの一つや二つ、買ってしまいかねないような気もした。

「どうした？」

「いえ、改めてフェリクス様って人気者だなと思いまして。この後、ダンスの申し込みがたくさんなんじゃないですか？」

貴族社会のことはあまりよくわからないので想像ではあるのだが、ご令嬢にとってフェリクスへのお近づきを目指しアピールするのであれば、今日の機会は逃せないはずだと思う。

（よくよく考えたら侯爵家の跡取り様と踊ってるって、すごい状況よね）

村娘と侯爵家の後継者が踊っているこの状況が不思議なものであるのは、貴族社会に疎いシャルロットでもわかる。

（それもこれもフェリクス様の人の善《よ》さからきているんだと思うと……本当にお世話になってるな）

逆に言うとシャルロットから何かをしたというわけではないので、たとえご令嬢から嫉妬《しっと》されても何かできるということはないのだが。そもそも、嫉妬されるような関係ではない。

しかしシャルロットの言葉にフェリクスは笑った。

「大丈夫、よくあることだけど、いつも適当に切り抜けている」

「そうなんですか？」

「実はあまりダンスは得意じゃない。だから結構頑張ってる」

「さすがにそれは嘘でしょう」

こんなに上手で、いったい何を言っているのか。好きじゃないというのならまだしも、上手なのはシャルロットでもわかる。

しかし、無理に踊ってほしいわけでもない。

「ではフェリクス様。この後、フェリクス様も美味しいひと時を一緒に過ごしませんか？」

「それは心から歓迎する。まあ、シャルロットに話しかけたいお嬢様方に恨まれるかもしれないが」

「あら、お上手ですこと」

むしろお嬢様方に恨まれるとすれば自分のほうかもしれないとシャルロットが思っている間に、一曲は終わってしまい、あっという間だったとシャルロットは思った。

「お相手ありがとうございました」

一礼すると、フェリクスは笑った。

「では、これからお楽しみに向かうとしよう。引き続きエスコートさせていただくよ」

「ありがとうございます」

「いや、シャルロットにとってはようやく本命だもんな。待ち遠しかったことだろう」

そう言ってフェリクスが笑うので、シャルロットも笑い返した。

「確かに本命は本命ですけど、もちろん今のダンスも楽しかったですよ？　……まあ、私が上手ではないほうだと理解しているのですけど……って、なんですか、その顔」

何度も目を瞬かれるようなことを言ったかとシャルロットが首を傾げれば、フェリクスは軽く首を横に振った。

「いや、ダンスを好むのは意外だと思って。いや、失礼なことかもしれないんだが……」

「失礼じゃないですよ。実際、ダンスが楽しいとは今日踊るまで思っていませんでしたし」

練習が嫌いだったわけではないが、できれば本番では踊る機会がなければいいなとは思っていた。さらに言えば、踊るのも食事のための手段だと思っていたのだが、とてもいい経験をさせてもらったと思う。ただそれはフェリクスのリードのうまさがあってのことで、誰彼構わず踊っても楽しいだろうとは思わないのだが……。

しかしシャルロットの言葉をフォローだと思ったのか、フェリクスは何とも言いがたい笑みを浮かべていた。

（本当なんだけどな……）

けれどそれを解説するには、目的地までの距離が近すぎた。

シャルロットはあっという間に、すでに美味しそうな食事を載せた皿を用意しているグレイシーのもとまで導かれた。

「お疲れ様でした、シャルロット」

「ありがとうございます」

「まったく、私も男性に生まれていたらフェリクス様にシャルロットの相手役をお願いしなくて済みましたのに」

「グレイシーのおかげで楽しく踊らせていただきました。ありがとうございます」

「ええ。作戦も成功してよかったわ」

冗談めかしに言ったグレイシーに笑顔で返すと、グレイシーも満足そうな表情を浮かべた。

「ちょっと、飲み物もらってくる。動いたら喉が渇いた」

「あら、でしたら私たちの分もお願いいたします。シャルロットもいるわよね？」

「ええ、でも、私も行きます」

一人でグラスを三つも運ぶのは無理だろうということもあるが、救出してくれた相手に飲み物までお願いするのは申し訳ない。

「いや、構わないよ。給仕が持ってきてくれるから、頼むだけだ。待っていても近くを通るだろうけど、今飲みたいだけだから」

そう言ってシャルロットを押しとどめたフェリクスはそのまま目的のために動き出した。

「では、シャルロット。こちらへどうぞ」

「ありがとうございます、いろいろと。まさか、あそこまで囲んでいただけると思ってなくて」

勧められたソファに浅く腰かけながら改めて礼を伝えると、グレイシーは首を横に振った。

「それはおまけで、うまく使えると思ったから先程フェリクス様にお願いしただけなんですけどね」

「おまけ、ですか？」

そういえば、フェリクスもグレイシーがシャルロットにダンスを教えたのはほかに狙いがあるということを話していた気がする。もっとも、濁されてそのままにしているが……。

首を傾げたグレイシーは得意げに笑みを深めた。

「ほら、シャルロットが注目を集められるのはわかっていましたから。初めにフェリクス様と踊っておけば、変な虫は寄ってこないでしょう？　だから、そのためにダンスを踊ればいいと思っていたの。終わった後のことは、考えていなかったわ」

「そうなんで……って、虫……？」

「ほら、邪《よこしま》な者たちも多いでしょう？　そういう人たちにとってフェリクス様が……というより、ランドルフ侯爵家と親しいんだと印象づけておけば、下手に手出しできないって考えると思うし」

「もしかして勲章って、私が思っているより大きいものですか……？　いただいても、貴族の方の役に立つような権力はないと思うのですが……」

これだけ盛大な祝い事になっているのだから、ある程度大きな祝い事であることは理解している。

しかしそれは一度限りのことであり、情勢に大きな変化を及ぼすようなものではないと思うのだが……。

しかしグレイシーは首を横に振った。

「勲章そのものより、実力がある召喚師で、珍しい商品を扱う飲食店、両陛下からの信頼が厚いという点で注目される要素を持っているということが大きいわ。勲章持ちということで身分もざっくりと貴族相当となることから、養女や妻にと考える者も出るかもしれない」

「え……？」

功労に対する表彰程度の考えだったシャルロットには、貴族相当という言葉は衝撃的だった。

「貴族相当って……」

「正式な爵位が示されるわけではないけれど、国王陛下直々《じきじき》の授与決定ということだから、それなりに……という話は聞いてないかしら？」

「聞いてない。もしかして、納税とか増えたりします……？」

当たり前のように言うグレイシーの様子からは、貴族の中では常識のことなのだろうと察せられる。だからこそ、誰からもシャルロットに今まで説明がなかったことも想像がつく。

（知らないってことを、知らなかったんだろうな……）

だが、貴族相当とされて義務が課せられるなら大変だ。今さら辞退を申し出ることはできないし、もともと国王陛下直々の授与を拒否することもできなかっただろうが、必要なことがあるのなら今から対策を立てなければいけないかもしれない。

「安心して。それは大丈夫。もし領地を拝領していたら別かもしれないけれど、基本的には今まで
と同じ」

「名誉職のようなものなのですね。よ、よかった……」

そうしてほっとするシャルロットにグレイシーも笑う。

「やっぱりシャルロットらしいわ。喜ぶより不安がるのだもの。でも、安心して。シャルロットが望むならともかく、そうでないなら今まで通りお店を頑張るお手伝いはさせていただくから。これはフェリクス様も同じ考えよ」

「何から何まで、ありがとうございます」

「気にしないで。友人のシャルロットのためになることだから私もしたいという思いはあるけれど、そんなシャルロットが次は何をして楽しませてくれるのか期待している面もあるから、私のためでもあるのよ。それに、アリス喫茶店は居心地のいいお店だもの」

「では、これからも遠慮なく色々楽しんでいただけるようにみんなで頑張りますね」

せっかくここで新規顧客も得ることができたのだ。ここを踏ん張りどころにして、ますます店を成長させる契機にしたい。そのためには、より楽しい店をどうやって作っていくか考えないと、とシャルロットも意気込んだ。

「ところで、フェリクス様とのダンスはどうだった？」

「え？　楽しかったですよ」

突然話題が変わったことをシャルロットは不思議に思ったが、そのままの感想を口にした。

（楽しかったけど……もしかして、私、あまり上手に踊れてなかったのかな……？）

しかしフェリクスのおかげもあり少なくとも無難には踊れていたはずなのだから問題はない……とも思いたいのだが、もしかして何かよくないことがあったのだろうかとシャルロットは少し焦った。

しかし、そんな返事にグレイシーは肩をすくめた。

「そう、よかったわ。普段フェリクス様って全然踊らないから、シャルロットも本当は踊りにくいんじゃないかって心配したの」

「え……？　フェリクス様、本当に普段踊っていらっしゃらないんですか？」

得意ではないと言っていたが、本当はいつもは踊っていないと聞いてシャルロットは驚いた。令嬢たちの視線を集めていたフェリクスなら令嬢からのダンスの申し出もあるだろう。

それでも踊っていないということは、普段は断っているということだ。

「そんな中、踊っていただいてよかったんでしょうか……？」

もしかしてとんでもない苦行をさせたのではないだろうか。

そう疑問に思ったが、グレイシーには気にした様子もない。

「いいと思うわ。それにフェリクス様って嫌なことは嫌だって主張なさる方だし。だからこそ、今まで誰とも踊っていなかったのだと思うわ」

「た、確かに……」

「それに本人は気にしていないけれど、とんでもなくダンスが下手だという噂を立てられたりもしていたから、むしろそれらはデマだと示せてよかったと思うし」

「それは……もったいないですね」

あれだけ踊れるのに、下手だと思われるのはちょっと違うとシャルロットも思う。

相手がダンス初心者の自分だったことで本来のフェリクスの実力を発揮《はっき》しきれていたかどうかまではわからないが、少なくとも噂と異なることは見せられただろう。

「ええ。大したことでなくても、欠点があれば見下される原因になりかねないから。今頃噂していた人たちはきっと顔を紅潮させているんじゃないかしら」

「……顔を赤らめているという意味では、他にもたくさんいらしたようでしたが」

「ああ、そういえばご令嬢たちはさぞかし驚いたでしょうね。あれだけダンスをしないフェリクス様が踊っていたのですもの」

「……ねえ、グレイシー。それって、大丈夫なのでしょうか？」

今まで踊りたかったはずのご令嬢から逆恨《さかうら》みをされないだろうか。

そう思っていたが、グレイシーはあっけらかんとしていた。

「いや、それどころじゃないと思うわ」

「どういう……」

「あなたを妬む前に次は自分が踊ってもらわないと、争奪戦に負けるでしょう。そもそも、あなたに嫌がらせのようなことをしてみなさい。あなたに勲章を授けた両陛下のお耳に届いたらって、思わない？」

「……勲章すごいですね」

「まあ、無視くらいの嫌がらせはあるかもしれないけど」

「そのくらいなら」

そもそも客としての来店がなければご令嬢たちとも関わることはないだろう。

権利を得ても行使する予定がないので、その程度なら困らない。

「逆に、私としてはどこぞのご子息が変な行動をとらないかが心配だけど……まあ、なにかあればフェリクス様が牽制《けんせい》をかけてくれることを期待しておこうかしら」

「え？」

「まあ、困ったことがあったら何でも言ってちょうだいな。ちょうど飲み物も来たことだし、ここからは美味しい時間を楽しみましょう」

グレイシーの言葉通り、ちょうどフェリクスと飲み物を載せたトレイを持つ給仕がやってきた。

（……まあ、今考えなきゃいけないことじゃないし）

今日得た新しい情報は多すぎるので、それを飲み込むだけでも精いっぱいだ。だからグレイシーも余計なことだとして、あえて説明しないのだろうとシャルロットは解釈した。

（それに、せっかく味わう時間を作ってもらったのだもの。ここでしっかりいただかないと、二人の手助けを無駄にしちゃう）

そう思ったシャルロットはこれから料理をしっかり味わって満喫しようと決意した。

そして無事、二人のおかげでシャルロットは珍しい食事を楽しむことができた。

ただし、周囲からのいろいろな視線を集めているのは気のせいではなかったのだが、それも徐々に慣れ始め、シャルロットは『なんだかんだで適応力が高いのかもしれない』と自分のことを評価してしまった。

エピローグ　なおも店主は成長中

Welcome to the healing Mofu Cafe!

伝達式から五日が経過した。

夕刻、閉店準備をしながら今日の昼間に起きた出来事にシャルロットは溜息をついた。

（まさか報奨金を持ってくるのに、あんなに仰々しい形でやってくるなんて……）

報奨金は伝達式で勲章とともに渡されたものの、パーティー出席中に報奨金を携えてというのは邪魔になるだろうといったん預けて後日届けられることになっていたのだが……文官・騎士含め約十人で届けにやってくるとは聞いていない。

しかも、昼下がりの客が多い時間帯だったのは想定外だ。

（まあ、時間帯については向こうも想定外だったみたいで、申し訳なさそうで可哀想だったけれど……でも、お客さんたちも本当に驚いていたわよね）

最初は一体何が起こるのかと慌てる客たちに、決して悪いことではないと城からの一行は一生懸命説明してくれたのだが、その過程で勲章の受章が伝えられてしまい、今度は拍手喝采で大変なことになってしまった。

そして、同時に召喚師だということも周囲に把握されてしまった。

『まさかマスターが召喚師さんだったとはなぁ』

『てことは、もしかしてマネキちゃんって幻獣なの!? 大きいとは思っていたけど幻獣ってこんなにフレンドリーなの!?』

『功績っていうのもマネキちゃんの協力があってのこと!?』

そんな声があちこちから上がり、マネキは注目の的になっていた。

そしてマネキが幻獣だということは把握されたのだが、ほかの幻獣たちは知らんぷりを貫いていた。マネキは注目され撫でまわされることはまんざらでもなさそうだったが、ほかの幻獣たちの顔には『ばれたら面倒くさそうだから知らないふりをしよう』と書かれているようだった。

（まあ、私でも知らないふりするかな）

そもそもマネキはともかく、ほかの幻獣たちの姿は一見して幻獣だとはわかりにくい。

（皆の仕事に影響がないのが一番だし）

しかし城からの使いの方々も、今日の経験を活かして今後は店を訪ねる際には時間帯に気を付けてもらえたらいいなぁとは思ってしまった。

「あの、シャルロットさん。今少し構わないですか？」

「ええ。どうしたの？　ミラ」

「実は、あちらのお客様からぜひステージで歌ってみないかというお誘いをいただいて……ちょっとしたコンサートのようなもの、と仰ってるんですけど」

そうしてミラはシャルロットに手紙を手渡した。

（貴族の方からの依頼ね。この家名はグレイシーから聞いたことがあるわ。常連さんがここの家の方っていうのは知らなかったけれど……）

内容もしっかりと予定が書かれているし、悪い話ではなさそうだ。

「ミラの歌をたくさん聞いてもらえる機会だし、よかったら行ってみてもいいんじゃないかな？」

「構わないのですか？」

「ええ。もちろんよ。ここでの仕事のことは気にしないで、日にちも融通するから」

「ありがとうございます！　すぐにお返事してきますね」

そして慌てて客のもとに戻るミラを見ていると、ちょうどフェリクスが店に入ってくるところが見えた。フェリクスもシャルロットを見つけたようで、まっすぐシャルロットのほうに向かってきた。

「今日はお早い時間ですね」

「昨日、夜勤だったから」

「……じゃあ、遅い終わりだったんですね？」

シャルロットの言葉にフェリクスは曖昧《あいまい》に笑った。

（……遅い時間のはずなんだろうけど、いつものことっていう感じね）

そう思いながらシャルロットはフェリクス用にお茶を用意した。

「お食事はどうされます？」

「食べて帰る……と言いたいところだけど、今日はギャレットに帰ると言ってしまったからな」

「では、お持ち帰りいただいてギャレット様とお召し上がりいただけるものを用意しましょうか。今日はカボチャのタルトを作ったんですよ」

クリームチーズとカボチャを合わせて裏ごしし、バターと牛乳を加えたフィリングは何度も試食し、満足する出来になっているはずだ。

「それ、新作だな？」

「ええ。今日からスタートですよ」

「なら、遠慮なくいただこう。この間も新作を披露したばっかりなのに、色々と考えるな」

「今、カボチャが手に入りやすい時期ですからね」

安く美味しくが旬のいいところだ。

「あ、でも、どうせならまだお店で出していない物をお持ち帰りいただきましょうか」

「まだ出していないもの？」

「ええ。試作品ですが、先程食べたらなかなか美味しかったので大丈夫ですよ」

そうしてシャルロットは用意していたお茶と一緒にパンを皿に載せて出した。

「カボチャ型のパン、だな？」

「ええ。カボチャのあんパンです。夕食に影響なければ、今お召し上がりいただいても大丈夫ですよ。お持ち帰り用は、ちゃんと別にありますから」

「あん……？　カボチャの何かが入っているパンなんだな」

そう言い、フェリクスは慎重にパンを割った。そしてカボチャあんを確認してから、口に運ぶ。

「……甘くて優しい味だな、パンも柔らかい。休憩時間に欲しくなる味だ」

「よかったです」

「図々しいのは承知だが……これ、いくつまでなら持って帰れる？」

「え？」

「ギャレットもだが、母上も欲しがりそうだ。そして俺たちが食べていると、父上も欲しがるかもしれない。だが、俺は譲りたくない」

割と真剣な表情で言っているので、シャルロットは思わず噴き出した。

「大丈夫ですよ、四つはあります。でも、そんなに楽しんでくださるなら、ケーキもお付けしますね」

「助かる。ありがとう」

「こういうことなら、いくらでもお任せください」

この間は助けられた身だけに、小さなことでも恩返しができるのはむしろ嬉しい。

「あと、お帰りの際には一緒に繰り上げ返済分もお持ち帰りくださいね。今日、届いたんです」

「ああ、わかった。でも、すごい勢いだな。予定よりだいぶ早いし、もう残り二桁だけじゃないか」

もともと金貨三百枚を借り、百枚は前回の王都土産物大賞の賞金、そして今回の報奨金の百枚以外にも毎月定額を支払っている。

「この調子だとあっという間に全額返済だな」

「そうなると私も安心です」

借りているお金があるというのは落ち着かない。

しかし安堵するシャルロットとは対照的にフェリクスの表情は少し難しい。

「どうされました?」

「念のための確認だが……完済の後も、いつもの時間に店に寄っても問題ないか?」

思わぬ発言にシャルロットは目を瞬かせた。

「何言ってるんですか、当たり前ですよ」

「そっか。いや、スポンサーの立場から退いたら遠慮するべきかとも思っていたんだが」

「それ以前に、友人ですし……と思っていますけど、間違っていますか?」

こうしてあえて口に出したことはないので、後半は念のための確認として疑問形になってしまったが、シャルロットは間を置かずに口にした。

(いや、手のかかる後輩とか従妹《いとこ》の友人とか、そういう系統の回答もあるかもしれないけれど……)

それでも大丈夫だろうと思っているが、尋ねてみると案外緊張してしまう。

「……確かに、そうか」

「ですよね！」

だから肯定されたときは心底ほっとし、やや前のめりに答えてしまった。

「私も、むしろお店が終わった後だとゆっくりお話もさせていただけますし」

「そっか」

「あ、でも今は忙しくないので気にしないでくださいね」

追加のオーダーが入ったのならともかく、今は一通り無事に配膳されている。閉店まではもう少し時間があるが、オーダーストップの時間はすぐそこなので、恐らく問題もないだろう。

「そういえば……エレノア様はまだ境界の修復に同行してくださっているのだろう？　伝達式で受けた注文の量も相当だったと聞くが、大丈夫なのか？」

「ええ。人手が不足するならアルバイトを募集しなくちゃいけないなと思っていたんですが、実はエレノアが精霊さんたちをたくさん呼んでくれまして」

「精霊様をたくさん？」

「実はエレノアのようにこちらで働くのを楽しみにしていてくださったとのことで、文字の練習からなにからしてくれていて……。配膳係の子と、近くに借りた工房でお茶作りやお菓子作りに勤しんでくれている子たちがいるんです」

「……なんというか、凄い状況だな」

「あ、でも今回は本契約というより一時契約のようなものなんですけど。あんまりたくさん契約しちゃうと、精霊さんたちの中での業務にも差し障りがあると思うので、あくまで一時的にと」

「いや、普通はそんなにたくさん契約できないはずだが……」

「普通じゃなくてよかった、っていうのは変かもしれませんが……こればかりはありがたいです」

「まあ、シャルロットのことだ。こういうことで驚いていたら身が持たないな」

その納得のされ方はあまりよろしくない気もするが、食事を通して魔力をとればとるほど魔力の保有量の限界が上がるシャルロットが何を言っても説得力はない気がして、あえて言わないことにした。そもそも、そのことに関しては説明する機会も今までなかったので、あえてフェリクスにも説明してはいないので長くなる。隠しているわけではないのだが、だからといって何もないときの雑談にするにしては話の発展が期待できなさすぎる。

「そういえば、店の開店資金を全部返済したら何かしたいことはあるのか？」

「そうですね……。もともと故郷の養護院の雨漏りや抜けた床を直したいっていうのがあったんで、それが第一ですかね」

もしかするとシャルロットが借金返済後に資金を貯められた頃には、拝領を辞退し給付金となった報奨金で直っている可能性もあるが、その場合はほかの場所の補修に回せばいい。なにせ、直したほうがいいと思った場所はシャルロットがいたときでさえ複数箇所あったのだ。

（まあ、でも食糧事情は茶葉の買い取りで安定してるから、あのときよりずいぶんよくなってるはずなんだけど。そろそろ記念パーティーで皆さんにお茶を振る舞って好評だったっていう手紙、届く頃かな？）

以前は王妃様に緑茶を気に入ってもらえたことを手紙に書いたら、村で祭りが行われたとも聞いている。今回国王陛下にも気に入ってもらえたと伝われば、いったいどんなことが起こっているのか想像するだけでも楽しくなる。唯一残念なことがあるとすれば、祭りが開かれても自分が参加できないということであるのだが。

「それ以外は？」

「そうですね……あとは、養護院の弟妹《きょうだい》たちをこっちに呼んでみたいですね。私のお店はこんな感じだよーっていうのを見てもらいたいっていうのもあるんですが、大人でもなかなか王都に来る機会のない地域なので」

「それなら、呼んだときにはうちを宿にするといい。部屋は余ってる」

「え、いいんですか？」

思わぬ申し出にシャルロットは目を丸くした。

宿をとるとお金がかかるというよりも、泊まる子供が『もったいない』と言い出しそうなので店の二階に泊まってもらおうとぼんやり考えていたのだが、宿を提供してもらえるならありがたいことこのうえない。

ただ、気になることも数点ある。

「あの……。たぶんですけど、フェリクス様が思ってらっしゃるよりだいぶ元気が有り余る子たちですよ」

フェリクスが礼儀作法に細かい方だとは思わないが、当たり前のように木登りをして遊んでいる子供たちだ。王都で遊ぶ子供たちを想像していれば、少し想像以上のやんちゃさを披露してしまうかもしれない。

「大丈夫。シャルロットで慣れているから」

「……どういう意味ですか」

「何をやっても不思議ではないということだよ。だから遠慮しなくていい」

気前のよい発言であるし、悪い意味を含むような意図もないのはわかる。むしろ現状の認識を素直に言われただけだということも理解できるのだが……。

(でも、私だってイレギュラーなことばっかりやってるんじゃなくて、ここ数年がちょっとハプニング続きだっただけで、そもそも今回相談したからその内容も知ってるわよね⁉)

心の中でそうは思ってもしかし、シャルロットはいったん深く考えることをやめた。

何より、希望を実現させるためにはまず借金を全額返済しなければいけない。

それなら、先にやるべきことがある。

「ありがたいお話もいただいたことですし、もっと気合入れて働きますね」

借金返済のことを抜きにしても、まだまだ客と店員が楽しむための環境を作りたい。そうなれば、毎日がもっと楽しくなるはずだ。

番外編

友人たちによる舞台裏

Welcome to the healing Mofu Cafe!

ある日の昼食時、グレイシーは城の一角を早足で、しかし決して下品な振る舞いにならないように急いでいた。

いつもの職場から離れた場所では、多数の騎士が昼食のために移動するなか、魔術師の服装をしているグレイシーは目立っているが、今はそのようなことを気にしている場合ではなかった。

グレイシーは目的の部屋に近づくと、ノックをして部屋に入る。

「失礼いたします。フェリクス・ランドルフはおりますでしょうか」

そう、丁寧に告げてみたものの、その室内にいたのはフェリクス一人であった。どうやら昼休憩に向かった後であったらしく、部屋の中には外套《がいとう》などが無造作に椅子に掛けてあるような状況だ。

そして、フェリクスも今まさに部屋から出ようとしていたところだった。

「なんだ、昼間に珍しいな。いや、昼じゃなくても珍しいが」

フェリクスの言う通り、昼休みだとはいえグレイシーが勤務中にわざわざフェリクスに会いに行くようなことはしない。

「フェリクス様、大変です。シャルロットが勲章を授与されることになったと……」

「ああ、そうだな」

「『ああ』ですって？　フェリクス様、まさか知っておられたのですか⁉」

先程決まったばかりであるはずのことを落ち着いて言うものだから、グレイシーはかみついた。

（私より先に知ったとしても、決まったのはさっきよ⁉　少なくとも驚いていいはずなのに、一切の動揺がないなんて！）

勲章の授与など、それも称号を作ったうえでの授与など前例がほとんどないというのはフェリクスだって知っているはずだ。もちろん功労の内容が歴史的発見及び危機的状況の未然防止というものので、それも異界に関係する結界のことなのだから理解はできる。誰も知らないうちに危機を迎えつつあったのを防止した功績は大きい。

だからこそ、この状況で驚いていないというのであれば、事前に知っていたからということにほかならない。

「あー……。知ってたというか、状況報告をしたのが俺だ。経緯をまとめて提出した」

「なぜフェリクス様が」

「同行してたから。その歴史的発見のときに」

しれっと告げられた言葉にグレイシーは固まった。しかしフェリクスが用事は終わったとばかりに立ち上がろうとしたときには、再び意識が動き出す。

「お待ちになって。なぜフェリクス様がシャルロットと一緒に……というのはこの際見逃しましょう。ただ、なぜそこに私がいないの⁉」

「それはお前が普段から忙しそうだからだろう」

「ではフェリクス様は暇なんですか⁉」

「そんなわけないだろ！　……まぁ、王妃様からの命とかいろいろあったけど、結局よくシャルロットの店に行って、話していた結果こうなったんだ」

「何がなんだかわかりませんけど、頻繁に行っている状況がずるいです」

グレイシーもフェリクスが店に頻繁に行っていることは知っている。グレイシーも行きたいところだが、仕事の後にとなれば店の閉店時間になる。

（フェリクス様は開店資金を出資していらっしゃるから、時間が多少遅かろうが関係ない。行かなければむしろ放《ほ》ったらかしにしているようで不安に思わせるかもしれないし）

しかし、グレイシーの立場は違う。

いくらシャルロットが気にしないと言っても、一定の礼儀は必要だ。朝だって早いうちから働いているのだから、閉店後に時間を取らせるようなことはしたくない。

（そもそもどうしてエレノア様は、お店を開くときにフェリクス様に言う前に私にも教えてくださらなかったの！　ま、まぁ、私も自分のお金というものを貯めていなかったというのはあるけれど……）

魔物退治で得た報酬は、基本的には自分で買いたいものに使ってしまっていた。そして学生時代のグレイシーにはそれ以外に現金を扱う機会はなかった。必需品のようなものに関しては、そもそも自分が払うかどうかという話をする前に自宅へ請求が回る……もっと言えば、そもそも商人が自宅に持ってきた品物を選ぶというようなことをしていたので、グレイシー自身に小遣いが渡されるようなこともなかった。

ただし、それでもフェリクスに対してずるいという思いは変わらない。むしろ一緒に今回の件を片付けたらしいことよりも、普段から正当な理由を持って時間外に店を訪れる機会を作っていることが恨めしい。

しかしそこまで考えて、グレイシーは一つの違和感に気づいた。

「……フェリクス様も同行なさっていたのであれば、フェリクス様にもなんらかの褒美《ほうび》があるのでは？　ただ、そんな話は耳に入ってきておりませんが」

場合にもよるとは思うが、二人で向かった場所で起きた出来事なら、通常その二人ともが褒美を受ける権利を持つはずだ。シャルロットに勲章まで出るというのに、フェリクスに何も出ないというのは不思議な話だ。

しかしフェリクスはいかにも当然といった表情を崩さない。

「今回はシャルロットがやったことだ。俺は何もやってない」

「……もしかして、フェリクス様は今回のお話、強く自分に功績はないと主張されました？」

それならば、あり得ない話ではない。

当人が強く拒否しているものを受け取ることはない。ただ、褒美を授ける者……今回であれば王族の打診を断るような強い心臓が必要なので、普通はしたりはしないはずだが。

だが、その普通ではないことをしたらしい者がここにいて、しかもそれが従兄《いとこ》だと思えばグレイシーの頭は痛くなるような気さえした。

「もしかして、じゃなくてその通りだ」

「どうしてですの⁉」

「どうしても何も、言った通りだ。俺は何もしていない。だからそのままを正確に報告しただけだ」

「それが褒美を出すに値《あたい》するかどうかはフェリクス様の決めるところではないでしょう。却下されたではなく、最初から辞退するなんて……」

「正確に言えば辞退する必要もないように、初めから丁寧に説明させていただいていた。どんな褒美が出た場合でも、俺はただそこにいただけだと」

「なぜわざわざそのようなことを……」

そう言いかけたグレイシーだったが、そこでふと一つの可能性に気が付いた。

「どうした？　小言は終わりか？」

「小言など言っていません。……それよりも辞退なさったのは、もしかしてシャルロットのためですか？」

仮にフェリクスにも褒美がもたらされるとなれば、シャルロットがおまけのような認識を持たれる可能性がある。すでにフェリクスは騎士団で実力を持った者として信頼を集めている。

（そうなると、逆にシャルロットがうまくフェリクス様を利用したように見られる可能性もある）

功労者でありながら嫌な思いをすることが増えることも未然に防いでいるあたり、フェリクスはやはり気が回る。

（でも、こんなにすごいことなのに冷静に物事を処理するなんて……少し恨めしいわね）

少々負けたような気持ちになり、グレイシーとしては素直に素晴らしいとは言いがたい思いにもなる。

「まあ、仮に俺が勲章なんてもらっても重たいし、侯爵の孫というだけで十分だ。それに比べてシャルロットなら称号も役立てられるかもしれないし」

「……そちらが本音？」

「本音も何も、実際俺がやったことなんて本当に何もない。腹立たしいほどにね。だから邪魔しないようにしただけさ」

そう言いながらフェリクスは苦笑していた。

「まあ、せっかく未来の不安の種を気づく前に取り除いてもらったんだ。民が平和に暮らせるよう、しっかり働くのが俺のやるべきことだろう」

軽い調子で真面目な言葉を言われ、グレイシーは苦情を言うタイミングを逃してしまった。

もっとも、そもそもフェリクスが悪いわけではないのは重々承知していることではあるのだが。

「ああ、そうだ。グレイシー、シャルロットの準備は頼む。たぶん、何を用意するべきか知らないから困ると思うし。王妃様からよろしく頼むと言われたが、俺ではできないこともある」

「準備ですか？」

「ああ。ご婦人にはドレスやらなんやら必要だろう。さすがに俺にはわからない。シャルロットを気に入っている母上が手配したがっているが、ご令嬢の流行ならグレイシーのほうが詳しいだろう」

「なるほど、わかりましたわ。伯母様とご相談させていただきます」

勲章を受け取るにふさわしいフォーマルな格好など普段のシャルロットが必要としていないのは明らかだ。

（……でも、よくよく考えるとドレスだけじゃないわよね、必要なもの）

短時間だとはいえ礼儀作法だって必要なこともあるし、そもそも……。

（受章記念のパーティーもあるわよね……？）

そうなれば主役が一度も踊らないというわけにもいかないだろう。

「……フェリクス様。お願いが」

「なんだ？」

「フェリクス様、ダンスの練習しておいてくださいよ」

「は？」

「……まさか忘れているのではなくて？　シャルロットの相手役が必要でしょう。練習は私が相手を務めますから、フェリクス様は本番で踊れるようにしておいてくださいよ。普段踊っていないんですから、とっくに忘れていらっしゃるのではないですか」

そうは言いながらも、フェリクスが一度覚えたことをそう簡単に忘れるような男ではないことはグレイシーも知っている。ただ、踊っていないのは本当だ。

「フェリクス様が上手に踊るのは当然ですけれど、シャルロットが美しく踊れるようきちんとリードしてくださいね。美しい装いをしたのにみすぼらしい踊りになれば、シャルロットが笑われますから」

「……ダンスか」

フェリクスは昔からダンスは決して下手ではないのだが、あまり好きではないことをグレイシーは知っている。

その理由は幼い頃の小さな会で踊ったあと、踊った令嬢たちから露骨なアプローチを受け、断っても諦めてもらえないというげんなりすることが続いたからだ。曰《いわ》く、とても面倒だったとのことだ。もっとも、家柄を考えれば無理もないのだが。

（でも、必要性はわかっているから稽古はなさっていたし、大丈夫でしょう）

それにグレイシーとしては上手に踊る人間という意味以外にも、その家柄も大事だ。

「変な虫が付く前に、きちんとシャルロットのそばには誰がいるか示しておきたいのですから、しっかりお願いいたしますよ」

目立つ者には悪意を持って近づく者もいる。

それを防ぐには『ランドルフ』の家名は役に立つ。

「……それもそうだな。努力はしよう」

「そもそも相手がシャルロットであればフェリクス様も嫌な思いをなさることはありませんし、心配されることはないですわ。それなのに何を浮かない顔をしているのです。友人の晴れ舞台ですよ」

「いや、踊ることは別に気にしていないんだが、どこまで庇ってやれるかどうか。ある程度の牽制にはなったとしても、変なのに目をつけられて隙を狙われるんじゃないかとか。シャルロットはそういうのに慣れていないだろう」

それを聞いたグレイシーは目を丸くした後、肩をすくめた。

「心配しすぎですわ。当日は私たちがフォローしますから不測の事態にも対応できますし。もちろん、多少顔を売ったあとのほうがいいと思うので、シャルロットにも頑張ってもらいますが」

そもそもそれを大丈夫だと踏んだうえでシャルロットが勲章を受け取るよう報告書を作っているはずなので、今になって不安になったというだけなのだろうとグレイシーは思った。

しかし、普段のフェリクスから考えると少し珍しいとも同時に思う。

いつも落ち着いているフェリクスが若干不安になっているというその様子もそうだが、ダンスを『別に気にしていない』といったセリフもそうだ。無理にでも押し付けるつもりではあったが、必要に駆られて渋々踊るときにグレイシーが相手になっても、あとでやっぱりダンスは好きじゃないと愚痴《ぐち》をこぼすことがほとんどだからだ。

それなのに、シャルロットに限っては『気にしない』とは。

（ただの後輩想いの先輩というのか、あるいは）

しかしグレイシーは考えることを打ち切った。

フェリクス自体は意識していないようなので、つついてもいいことはないだろう。

「どうした？」

「いいえ？　とりあえずフェリクス様が久々にダンスをなさるのであれば、最近出ている『実はフェリクス様はダンスが下手なのでは？』という疑念を払拭《ふっしょく》できるかと思いまして」

「なんだそれは」

「なお、それはそれで『何でもできるように見えてできないことがあるのはギャップ萌え』と一部で噂となっているそうですが」

「……勘弁してくれ」

本気で嫌がる表情を浮かべるフェリクスにグレイシーは笑いそうになるのを必死で堪えた。

笑いたいところだが、さすがに不機嫌になられては後が面倒だ。

「ならば、しっかり魅せてくればよいではありませんか。頑張ってくださいませ」

しかししっかり踊って見せたところで、今度は『やっぱり何でもできるなんて素晴らしい！』と言われかねないとグレイシーは思ったが、今気にすることではない。

なにせ、それよりはシャルロットが上手に踊れるよう、フェリクスにも奮闘してもらうほうがグレイシーにとっては大事なことなのだから。

ようこそ、癒しのモフカフェへ！

〜マスターは転生した召喚師〜

ドロップ!!
～香りの令嬢物語～

著：紫水《しみず》ゆきこ　イラスト：村上《むらかみ》ゆいち

3歳の時、病で高熱に浮かされていたコーデリアは、唐突に前世の記憶を思い出した。

「私、乙女ゲームの悪役令嬢『コーデリア』に生まれ変わっちゃったんだ――」

コーデリアに待っているのは、破滅の未来……でも、それは王子に接触しなければ回避可能。

「……だけど、せっかく可愛らしく生まれ変わったのに、王子回避だけの人生なんてもったいなさすぎる！」

前世で培った薬草の知識を使って、自分を磨いていこうと決意するコーデリア。

Web で大人気の"香りの令嬢"が繰り広げる挑戦譚、待望の書籍化！

アリアンローズ既刊好評発売中!!

最新刊行作品

まきこまれ料理番の異世界ごはん 全3巻
著／朝霧あさき　イラスト／くにみつ

薬草茶を作ります～お腹がすいたらスープもどうぞ～ 全3巻
著／遊森謡子　イラスト／漣ミサ

どうも、悪役にされた令嬢ですけれど ①～②
著／佐槻奏多　イラスト／八美☆わん

脇役令嬢に転生しましたがシナリオ通りにはいかせません！
著／柏てん　イラスト／朝日川日和

騎士団の金庫番 ①～②
～元経理OLの私、騎士団のお財布を握ることになりました～
著／飛野猶　イラスト／風ことら

ようこそ、癒しのモフカフェへ！ ①～②
～マスターは転生した召喚師～
著／紫水ゆきこ　イラスト／こよいみつき

身代わり伯爵令嬢だけれど、婚約者代理はご勘弁！ ①
著／江本マシメサ　イラスト／鈴ノ助

王子様なんて、こっちから願い下げですわ！ ①
～追放された元悪役令嬢、魔法の力で見返します～
著／柏てん　イラスト／御子柴リョウ

コミカライズ作品

悪役令嬢後宮物語 全8巻
著／涼風　イラスト／鈴ノ助

誰かこの状況を説明してください！ ①～⑨
著／徒然花　イラスト／萩原凛

魔導師は平凡を望む ①～㉖
著／広瀬煉　イラスト／⑪

観賞対象から告白されました。 全3巻
著／沙川蜃　イラスト／芦澤キョウカ

ヤンデレ系乙女ゲーの世界に転生してしまったようです 全4巻
著／花木もみじ　イラスト／シキユリ

転生王女は今日も旗を叩き折る ①～⑥
著／ビス　イラスト／雪子

お前みたいなヒロインがいてたまるか！ 全4巻
著／白猫　イラスト／gamu

侯爵令嬢は手駒を演じる 全4巻
著／橘千秋　イラスト／蒼崎律

ドロップ!! ～香りの令嬢物語～ 全6巻
著／紫水ゆきこ　イラスト／村上ゆいち

復讐を誓った白猫は竜王の膝の上で惰眠をむさぼる 全5巻
著／クレハ　イラスト／ヤミーゴ

隅でいいです。構わないでくださいよ。 全4巻
著／まこ　イラスト／蔦森えん

悪役令嬢の取り巻きやめようと思います 全4巻
著／星窓ぽんきち　イラスト／加藤絵理子

乙女ゲーム六周目、オートモードが切れました。 全3巻
著／空谷玲奈　イラスト／双葉はづき

起きたら20年後なんですけど！ 全2巻
～悪役令嬢のその後のその後～
著／遠野九重　イラスト／珠梨やすゆき

平和的ダンジョン生活。 全3巻
著／広瀬煉　イラスト／⑪

転生しまして、現在は侍女でございます。 ①～⑥
著／玉響なつめ　イラスト／仁藤あかね

自称平凡な魔法使いのおしごと事情 シリーズ
著／橘千秋　イラスト／えいひ

聖女になるので二度目の人生は勝手にさせてもらいます 全3巻
著／新山サホ　イラスト／羽公

魔法世界の受付嬢になりたいです 全3巻
著／まこ　イラスト／まろ

異世界でのんびり癒し手はじめます 全4巻
～毒にも薬にもならないから転生したお話～
著／カヤ　イラスト／麻先みち

冒険者の服、作ります！ ①～③
～異世界ではじめるデザイナー生活～
著／甘沢林檎　イラスト／ゆき哉

妖精印の薬屋さん ①～③
※3巻は電子版のみ発売中
著／藤野　イラスト／ヤミーゴ

その他のアリアンローズ作品は **https://arianrose.jp/**

ようこそ、癒しのモフカフェへ！ 2
～マスターは転生した召喚師～

＊本作は「小説家になろう」（https://syosetu.com/）に掲載されていた作品を、大幅に加筆修正したものとなります。
＊この作品はフィクションです。実在の人物・団体・事件・地名・名称等とは一切関係ありません。

2021年2月20日　第一刷発行

著者 …… 紫水ゆきこ
©SHIMIZU YUKIKO/Frontier Works Inc.
イラスト …… こよいみつき
発行者 …… 辻 政英
発行所 …… 株式会社フロンティアワークス
〒170-0013　東京都豊島区東池袋3-22-17
東池袋セントラルプレイス5F
営業　TEL 03-5957-1030　FAX 03-5957-1533
アリアンローズ公式サイト　https://arianrose.jp/
フォーマットデザイン …… ウエダデザイン室
装丁デザイン …… AFTERGLOW
印刷所 …… シナノ書籍印刷株式会社